サキュバス四十八手（しじゅうはって）
JN053820
しめさば
イラスト
てつぶた
Shimesaba
and Tetsubuta
presents

エーリカ
王宮お抱えの
薬剤師。
おっぱいが
とてもでかくて
とても長い。
スズカ
サキュバス族のお姫様。
〝サキュバス四十八手〟
の達成に並々ならぬ
想いがある。

アベル
魔力量だけが
取り柄の聖魔術師。
性欲が異常なことが
ちょっと悩み。
トゥルカ
勇者パーティーの
優秀な弓術師。
リュージュ
国王お付きの
クールな秘書官。

「あ……あ……お、お客さん……ですかぁ……？」
「や、薬剤調合のご依頼です、かぁ……？
それとも、ま、魔物素材のぉ……
持ち込みですかぁ……？」

エーリカの工房
オロオロ…

「もう入んない……入んないよ……？」

力なくスズカが言う。

けれど、その表情は「出して」と言っていた。

「出すぞ」

俺がもう一度言うと、スズカは何度も何度も頷いた。

「うん……来て……

あたしの中、いっぱいにして……！」

目次
Contents

ダッシュエックス文庫

サキュバス四十八手

しめさば

1章 ◆ 勇者とパーティーと追放

Succubus 48 technique

「アベル、君には悪いんだけど、勇者パーティーを抜けてもらうことになった」

「えっ？」

　勇者エリオットにそう告げられて、俺は間抜けな声を上げることしかできなかった。

「二人で話がしたい」だなんて真剣な表情で呼び出されたものだから、ついに堅物エリオットにも好きな女の子でもできたかとワクワクしながらついてきたら、これである。

「そんな、急に……理由は……？」

　状況が呑み込めず、たどたどしく質問する。

　確かに、俺は勇者パーティーの中では〝使えない〟ほうの人材だと自覚している。聖魔術師とは名ばかりで、俺は回復魔法しか使うことができない。一般的な聖魔術師は回復以外にも、ステータスを底上げする強化魔法や、敵の攻撃を防ぐ対抗呪文、そして、呪いや毒への解呪魔法など……仲間を補助する魔法を習得しているのが当たり前とされている。

　けれど……俺には、それらの魔法の才能が一切なかった。どれだけ修練を積んでも、愚直な回復魔法——つまるところ、味方の傷を癒やすだけの魔法——しか扱うことができなかったのだ。

そうは言っても、自分なりに研鑽を続けてきたつもりだ。回復魔法の発動速度を高めたり、精度を上げて、唯一の取り柄である〝膨大な魔力量〟をもって仲間の傷を癒やし続けてきた。だというのに、突然クビにされるなんて……。

俺の質問に、エリオットは困ったように視線を泳がせて、肩を落としながらかぶりを振った。

「僕にも、わからないんだ」

「わからない？　なんとなくムカつくから、みたいなことか？」

「そうじゃなくて」

「じゃ、じゃあ他のパーティーメンバーから苦情が来たとか……!?」

勇者パーティーは俺を除いて四人。その四人のうちの二人が女性で、彼女らはそれぞれの戦闘スタイルに特化した服装で任務に臨むわけだが、どうも、いろんなベクトルでエロい服装をしている。性欲無尽蔵の俺にとって、彼女たちとの任務はあまりに刺激的で……コッドピース──騎士が戦闘中に局部への打撃を受けてひるんでしまうのを防ぐ防具。前衛職ではない俺が装着する必要はまったくない代物なのだが、俺の場合勃起を隠すために装着している──の下でいつも甘勃起しているのがついにバレてしまったのかもしれない。

焦っている俺とは対照的に、エリオットは落ち着いていた。

「そういうことでもない。……国王からの命令なんだ」

「国王からの……？？」

頭の上の「？」マークが消えない。

なぜ俺が国王からの命令で勇者パーティーをはずされなければならないのか。もしや、国王にまで俺が任務中に勃起しているのがバレて……？　もしくは国王秘書のリュージュさんがエロすぎて謁見中に勃起しているのがバレて……!?

「僕も当然、抗議はした。君がパーティーにとってどれだけ必要な人材かということは、僕たちが一番よくわかってる。でも……聞き入れられなかった」

エリオットは本当に残念そうに言った。彼は感情が顔に出やすいタイプだ。こんなふうに悲しんでいる〝演技〟ができるような人間ではないことを、俺は知っている。であれば、これが国王からの勅命であり、それに彼が納得していないというのは本当なのだろうと思う。

「そう……なのか……」

納得できたわけではない。こんなに突然パーティーからの強制脱退を迫られて、「はいそうですかわかりました」と頷けるほど俺は大人ではなかった。

けれど、ここでエリオットに対してゴネていても仕方ないことくらいはわかる。

パーティーのみんなが俺の脱退を喜んでいるわけではない、ということがわかっただけでも……少しは気持ちの慰めにはなるだろうと思った。

「近日中に、王宮への呼び出しがあると思う。事情は国王から直接、聞いてほしい」

「……わかった。今まで世話になったな」

別に、パーティーを抜けたからといって彼らとの縁が完全に切れるわけでもない。

俺は椅子から立ち上がり、エリオットに強がりの笑みを浮かべて手を振った。そして、出口に向けて歩き出す。もう、パーティーメンバーとしてこの拠点に来ることもないのか、と思うと涙が出そうだった。

「アベル！」

扉に手をかけた俺に、エリオットが後ろから声をかけてきた。

「……僕たちは、これからも……ずっと、仲間だ」

エリオットの表情は真剣だった。それが本心からくる言葉なのだと伝わってくる。

「ああ、もちろんだ」

頷いてから、俺は拠点を出た。

「これからもずっと仲間……か」

エリオットらしい、真摯で優しい言葉だ。

けれど……今は、その言葉も、胸の中で虚しく響くだけだ。

城下町はいつものように賑わっていた。混雑する街道を、人を避けながら歩く。まるで冒険者のような格好をしている俺が、今しがた職を失ったばかりだとは誰も思うまい。

「はー…………とりあえずシコって寝よ」

心の声が口からこぼれ落ちる。道の端で果物を売っていた少女に聞こえてしまったようで、ドン引きした表情でこちらを見ていた。

それを見て、ちょっと勃起した。

2章 ◆ 聖魔術師と国王とサキュバス

親父のような、勇者になりたかった。

親父が冒険のさなかに命を落とし、母親が病気でこの世を去り、一人になっても……俺は、勇者になりたかった。勇者の座が幼馴染みのエリオットに継承されても、俺は諦めなかった。

才能はなかったけれど……それでも、世界の役に立ちたかった。


勇者パーティー脱退の勧告を受けた翌日、国王からの正式な招集文書が俺のもとに届いた。

そしてさらにその翌日、俺は王城へと赴く。普段の冒険で使っている装束とは違う儀式用のものを引っ張り出してきたが、コッドピースの着用は忘れない。

パーティー脱退の理由を聞きに王城へと向かっているわけだから、当然気は進まないが、かといって遅れるわけにもいかない。神の次に偉いのが王である。そんな王からの招集に遅れて参じるなど、どれだけ自暴自棄になっていようと許される所業じゃない。

パーティーをクビになった身で、馬車に金を使うのも気が引けたので、徒歩で王城へと向かい、数十分ほどでたどり着く。以前王に謁見(えっけん)したときは、パーティー全員でだったな……なんてことを考えながら城門をくぐり、センチな気持ちになった。

城の広間に控(ひか)えていた案内役に声をかけると、王の間(ま)へと誘(いざな)われる。

「冒険者アベルをお連れいたしましたッ！」

王の間のドデカい扉の前で案内役が声を張ると、中から「入れ」と国王の声が返ってくる。

扉が開き、長く続く赤い絨毯(じゅうたん)の先に、玉座(ぎょくざ)に座る国王と、その隣に立つ秘書官リュージュがいた。

姿勢を正して、絨毯の上を歩く。俺は玉座の手前で膝(ひざ)をつき、右の拳(こぶし)を床へとつける。

「冒険者アベル、招集に応じ、参りました」

「よくぞ参った」

国王は朗(ほが)らかに頷(うなず)いてから、「崩(くず)してよい」と言った。俺は改めて頭を深く下げてから、床についていた右手を離す。立て膝の姿勢は崩さない。

頭を上げると、玉座に座る国王の迫力満点の〝恵体(けいたい)〟が視界の中央にドンと映る。球体、と言うのが一番近いような体型だ。こう言うとまるで悪口のようだが、国王はふくよかであればあるほどいいとされている。国が富んでいる証拠となるからだ。

「勇者エリオットからすでに伝えられたかと思うが、おぬしには勇者パーティーを抜けてもらうことになった」

早速、本題である。覚悟していたこととはいえ、やはり俺の勇者パーティー脱退は完全に決まってしまったことのようだった。

「お言葉ですが……せめて、その理由を教えていただけませんか」

俺が言うのに、国王は鷹揚に頷く。

「もちろんじゃ。何の考えもなくおぬしを勇者パーティーからはずすなどとんでもない」

国王の言葉に合わせて、その隣のリュージュもカチャリと眼鏡のフレームを押し上げた。

……少なくとも、俺が〝使えない〟からはずされたわけではない、ということがわかり安堵した。しかし、そうであるならば、俺がパーティーからはずされる理由は一体なんなのか。

「まずは、さきの冒険者一挙ステータスチェックについて話さねばなるまい。リュージュ、頼む」

国王に水を向けられ、隣に立つ秘書官リュージュが一歩前に進み出る。それに合わせて彼女の爆乳がぷるりと揺れた。彼女の服装は一見〝正装〟のように見えるが……何故か胸元がはだけており、乳の間に赤いタイが挟まっている。国王の趣味なのか知らないが、エロすぎる。

俺はコッドピースの中でむくむくと膨らもうとする〝俺〟を懸命に諌めた。

「先月半ばに行われた冒険者一挙ステータスチェックですが……その際に精液の提出を求めたことを覚えていますか」

リュージュが真顔のまま〝精液〟とか言うので、必死で諌めていた俺の股間もここぞとばかりに膨らみだした。コッドピースを装着してきたのは大正解だった。

「……覚えています、もちろん」

当然、覚えている。なぜかと言えば、その時のステータスチェックはいつものそれとは違い、あまりに〝異質〟だったからだ。

『冒険者一挙ステータスチェック』というのは、冒険者たちの健康状態やステータス変化を冒険者ギルドが把握するための、年に一回行われる検査だ。世界中の主要都市に冒険者が集められ、医療従事者たちのチェックを受けたり、ステータス鑑定士による診断を受けたりするのだが……この前行われたそれは、『時期』も『内容』もこれまでとは違っていた。

毎年恒例となっているステータスチェックが終わってまだ3カ月ほどしか経っていない頃だ。そこでもう一度ステータスチェックが行われた時点でおかしかったのだが……今回はなぜか、男性冒険者には精液の提出と、勃起した状態の性器の〝型〟を取るという意味のわからない指示が下っていた。「これ、女性冒険者は何を提出したんだろう……」という妄想で簡単に勃起と射精ができたので俺は苦労こそしなかったが……やはり、疑問は残っていた。一体これはなんの検査なのだろうか？

「あれは、とある任務についていただく冒険者を一名選別するための調査でした」

「とある任務？」

「ええ。任務についてはのちのちご説明するとして……あなたはそれに選ばれたわけです」

淡々と続けるリュージュだったが、俺は困惑するしかない。

「え、選ばれたっていうのは……その、つまり」

「はい。精液とチ●ポで」

「精液とチ●ポで……!?」

表情を一つも変えずにリュージュが精液とかチ●ポとか言うので、ちょっと興奮（こうふん）してしまうが、今はそれどころではない。とにかく意味がわからなかった。

「あなたの精液は素晴らしい。それに、採取用容器の半分まで提出したのもあなただけです。一回の射精の量でお願いしたはずでしたが……」

精液の採取用の容器が男性冒険者全員に配られたわけなのだが、そのサイズは妙にでかかった。いっぱい出した方がいいのかと思っていっぱい射精したのだが、もちろん、条件を破ったりはしていない。

「あれは一回分の量です」

「なっ……」

リュージュは一瞬驚愕（きょうがく）の表情を浮かべたものの、すぐに眼鏡をクイと上げて、真顔に戻る。

「…………で、あれば、なお優秀です」

褒（ほ）められた部分はさておくとして、美女から褒められるのは悪い気はしない。俺の精液、優秀らしい。なにが？

「……それで、俺の精子がなんなんですか？」

思ったままに問うと、リュージュはこくりと頷いてから言った。

「精液でしか得られない栄養素があるのです」

「えっ！　バカのオタク……？」

「真面目な話です」

リュージュは再び眼鏡をクイと押し上げる。長年の付き合いがあるが、あの動作は彼女が話を仕切り直すときのクセである。

「精液で得られる情報は、あなたの思うより膨大です。健康状態はもちろん、射精の量は魔力量やその質に比例するという研究結果があります」

じゃあ魔力量の多い女性冒険者は愛液がドバドバってこと……？　という言葉を呑み込む。それと同時に、俺の魔力量の多さと、自分でも困るほどの性欲の関係性について、納得することができた。

「そして、我々の求める精液は、あなたのものと一致しました。魔力量は一般的な魔術師の数十倍はあります」

我々の求める精液、という意味のわからないフレーズに疑問しかないが、いちいち食い下がっていては話が進まないというのもそろそろ理解しつつあった。

「まあ……それは……それしか取り柄がないもんで」

俺は自嘲的な笑みを浮かべながらそう答える。

回復魔法しか扱えない俺の唯一の長所といえば、魔力量の多さだ。

回復魔法を含む〝聖魔術〟は、他の魔法よりも消費する魔力量が多いため、おいそれと連続発動することはできない。

が、俺は生来膨大な魔力を持っていたため、回復魔法を高頻度で使うことができた。なるべくそうしたくはないのだが、勇者パーティーのメンバーたちは俺の回復魔法を念頭に置いた上で、多少傷を受けながら強引に魔物を討伐することもできたのだ。

「あなたは卑下しますが、その類まれなる魔力量で勇者パーティーを癒し続けたのはあなたの功績です」

「はぁ、光栄です……」

本当は褒められてにやつきそうになっているというのに、「興味ないね」という顔をしてみせる。もちろん勃起している。

「そして」

リュージュはまた眼鏡をクイ、と持ち上げる。

「一回の射精から検出できる魔力量は微々たるものですが……あなたの一度の依頼での平均的な聖魔術行使回数と照らし合わせることで、おおまかなあなたの射精回数を算出することも可能です」

「えっ！　こわい！」

淡々と告げられた事実に、俺は恐れおののくことしかできない。やはり俺の性欲の強さがバレてる……ってコト……!?

「正直に答えなさい。あなたは一日に何度ほど射精をしていますか？」

おおまかに計算できるって言ったくせに、なんでわざわざ俺に言わせるんだ!?

冷や汗が止まらない。美女を前にして射精回数を言わされるというだけでも倒錯した気持ちがこみ上げ、おかしくなりそうだというのに、加えて、国王の御前である。国王はいつものようにニコニコとしているが、どういう感情の笑顔なんだそれは。

しかし……当の質問をしたリュージュといえば、まるで睨みつけるように俺を見つめていた。ここで照れに負けてちょっと少なめに申告しようものなら死刑に処されそうな空気であった。

「…………七回、くらいですかねぇ」

俺が素直にそう答えると、リュージュは「なっ……」と動揺を見せ、国王は「ほほう」と感嘆の声を漏らした。

「ちなみに……頻度は」

「毎日ですけど……」

「…………期待以上です」

なにが!?

「あの、そろそろ説明してもらえませんかね……。俺の射精量と勇者パーティーをはずされることに何の関係があるんですか？　パーティーメンバーに手を出したりは誓ってしていません」

焦れた俺がそう言うのに、リュージュは当たり前のように頷いた。

「わかっています。いつも甘勃起しているだけですよね」

俺のコッドピースをじっ、と見ながらリュージュが言った。やっぱりバレてる!!　美女に真正面から見つめられて、俺のチ●ポは困ったように伸びたり縮んだりした。

「やっぱ勃起してたらまずいですかね……」

脳みそが混乱し、アホみたいな質問をしてしまうものの、リュージュは相変わらずの無表情でかぶりを振った。

「いいえ、まったく。はっきり言っておきますが、あなたに問題があってパーティーをはずれてもらうわけではありません」

「じゃあ、どうして……」

「あなたの精液とチ●ポが国益になると判断したからです」

「俺の精液とチ●ポが国益に!?」

「その通りです」

「あの、もう順を追わなくていいので、全部説明してくれませんかね！」

思わず、声を荒らげてしまう。話の全貌がさっぱり見えてこない。俺の精液がどうのチ●ポがどうのとあまり真面目に言ってるとは思えない話を真面目にされ続けて、頭が混乱していた。

リュージュが国王にちらりと視線を送る。国王がおもむろに頷くのを確認してから、リュージュは王の間の扉の傍に立っている使用人に声をかけた。

「扉を開けなさい」

使用人が一礼し、扉を開けると……そこには仏頂面の、赤毛の少女が立っていた。

俺は王の御前であるにもかかわらず……ハッと深く息を吸い込んで、つかつかと不機嫌そうに絨毯の上を歩いてくる少女に見惚れてしまった。

少し幼さの残る顔だったが、そのすべての部位が嘘みたいに整っている。

そして、鮮烈な赤色の髪が、彼女の浮世離れした印象をより強くしていた。

なにより最も目立っていたのが、その髪の中から覗く、黒く、太く、そして美しい湾曲を描く角に目を奪われた。角があるということは……まさか……。

リュージュがおもむろに言った。

「彼女は絶滅したとされている魔族の生き残り、〝サキュバス〟です」

「サ……」

サキュバス!? 人間の精液と魔力を搾り尽くして殺してしまうというあの……!?

俺が驚愕するのと同時に、赤毛の少女が吼えた。

「魔族じゃないッ!! 一緒にしないでッ!!」

その声量はとんでもなかった。王の間中にビリビリと響き渡って、さすがのリュージュも驚いたように目を見開いたのちに、眼鏡をずり上げて、頭を下げた。

「失礼しました。サキュバス族のスズカ様です」

「スズカ……」

俺は改めて、スズカと呼ばれた少女を見つめる。

サキュバス……実在したのか。

そういう種族がいる、という噂はまことしやかに囁かれていたものの、実際に見た者が誰もいないのでアングラ耽美絵師の間で神格化されていたのがサキュバスという種族だ。実際、サ

キュバスものの耽美同人誌は多い。

突然そんな〝創作でしか見たことのない〟種族が目の前に現れて、俺の頭は混乱した。けれど……彼女の頭から生えている角は、アクセサリーの類には見えなかった。明らかに、本人の頭から生えているし、うまく言葉に表すことはできないが、〝本物〟の質感があるのだ。

しかし……サキュバスだと言うのなら、角の他にももう一つ特徴が……。

俺の視線が、自然と下がっていく。それを察してか、スズカは俺を睨みつけながら、自分の尻を両手で隠すようなそぶりをした。ほんのりと赤くなっている彼女の顔を見て、またコッドピースの中身がピクッ！　と反応した。

「彼女は〝救世の要〟です」

「きゅ、救世……？」

突然リュージュの口から大げさな言葉が飛び出して、俺はまたも混乱した。

しかし、俺の混乱をよそに、しばらく黙って話を聞いていた国王が口を開いた。

「近年、我々は魔族に領地をじわじわと奪われ続けておる。勇者パーティーが対処を続けているが……言葉の通り〝対処〟でしかない」

国王の口から出た言葉に、俺の肩は意図せずびくりと震えた。

王の言うことは、わかる。

魔族と人間の戦争は、俺が生まれるずっと前から続いている。〝魔族〟というのは、魔物の類と、それを率いる亜人の総称だ。魔族と人間は、今でも常に、互いの領土を奪い合うような形で戦争を続けている。

その戦争において、魔族側の〝強力な手駒〟の対処に当たるのが、勇者パーティーの大きな役割である。俺の親父が勇者だった頃は、人間側が優勢だったというが……親父が死に、エリオットが勇者の座を引き継いでからというもの、人間の領土は縮小傾向にあった。年々魔物は強力になり、冒険者たちが必死に抵抗しても、少しずつ人間側の劣勢に傾いている。

「このまま勇者パーティーを主軸として魔族に対抗するのは現実的ではないと判断した」

「お待ちください！」

国王の言葉に、俺は何かを考えるよりも先に声を上げていた。

「確かに勇者パーティーの魔族討伐が滞っているのは事実です。しかし、エリオットをはじめとし、パーティーの皆、平和のために尽力してきました。それを……こうもあっさりと見限るというのは」

「アベル！」

俺の言葉の途中で、リュージュが制止してくる。俺は奥歯を噛み締めて、頭を下げる。

「……ご無礼を」

「よい、よい。まあ、落ち着け。おぬしの気持ちもよくわかる。しかし、我々も〝あっさりと〟見限ったわけではない。それに……おぬしにはパーティーを抜けてもらうことにはなるが、勇者たちには今までと同じように魔物討伐は行ってもらう」

「しかし、それでは……」

「聖魔術師は、代わりのものを配属させる」

「俺では不足ですか！」

「落ち着けと言っておる!!」

「…………はっ。大変なご無礼を」

再度頭を下げ、俺は深呼吸をした。何度もカッとなってしまい、恥ずかしい限りだが……自分が思う以上に、俺は勇者パーティーからはずされたことに納得していないようだった。回復魔法しか使えないことは、致命的だ。もっといろいろな魔法を使うことができる聖魔術師がパーティーに入れば、俺がいるよりも安定するのかもしれない。けれど……俺は長年、〝俺がいる〟ことが前提の彼らの戦い方を見てしまっている。多少の傷を負うことを恐れず、強引に魔物を討伐する彼らの戦法。あんな戦い方を俺が抜けたあとに継続してしまったらと想像するだけで胃のあたりが冷たくなった。

「おぬしには、勇者パーティーでの任務よりも重要なことを任せようと思っておる」

国王が言うのに、俺は顔をしかめそうになるのを必死でこらえた。

勇者パーティーの任務よりも重要なこと？　そんなものがあるわけがない。

喉元まで出かかった言葉を、呑み込む。口にしたところで……どうせ、今から告げられることはすべて〝決定事項〟なのだ。

「……何をすればよいのでしょうか」

努めて理性的に、言葉を返す。

俺が問うのに、国王は鷹揚に頷いて、言った。

「先ほどリュージュが言った通りじゃ。おぬしのチ●ポと精液には他の者にない特別な力が宿っておる」

今、チ●ポって言ったか？

「おぬしのチ●ポでしか成し遂げられないことがあるのじゃ」

チ●ポって言ったな!?

国王の口からいつものように穏やかなトーンでチ●ポが連発され、脳内が混乱する。しかし、そんな俺の困惑を余所に、王は淡々と続けた。

「そこにおるサキュバスの少女と共に世界を巡礼し、救世の儀式を執り行うのじゃ」

「ちょ、ちょっと待ってください。救世の儀式……？　そこの女の子と……？」

「勇者パーティーを脱退し、『サキュバス四十八手』を完遂する任を与える！」

俺の質問は完全無視されたうえ、新たな単語も出現して困惑が止まらない。

サキュバス四十八手……？　何から何まで聞きなじみのない単語で構成されている。

しかし……やはり、国王は冗談を言っている様子ではなかった。冗談であってくれ。

「国王様。そろそろ、財務大臣との会食のお時間でございます」

「おお……そうであったか。では、仔細はリュージュに聞くがよい」

リュージュからの声かけで、ろくな補足説明もなしに国王は玉座から立ち上がる。球体に足がニュッと生えたようだった。

俺は再び右拳を床につき、頭を下げる。

「よいか。世界の命運はおぬしにかかっている。言葉の通り……〝命を懸けて〟取り組むように」

「はっ！」

頭を下げたまま俺が返事をするのに、国王は「ふぉふぉ」と笑って、王の間の出入り口へと向かう。視界が赤い絨毯に占領されたまま、思考だけが回る。

俺のチ●ポと精液に特別な力があり、サキュバスと世界を巡礼する？

それが世界を救うことになる？

今のところ、まるで想像がつかないが……ただ、なんとなく『チ●ポ』と『サキュバス』という要素だけが頭の中で組み合わされ、エロい妄想だけが膨らんでいく。いつの間にかコッドピースの中で愚息はピンピンに勃っていた。

「いつまで前かがみになっているんですか」

気づけば国王は退室し、リュージュが目の前に立っていた。

「国王への忠誠の姿勢ですけど！！！！」

「そうですか。サキュバスの少女と自分のチ●ポの相関性に思いを馳せて前かがみになっているのかと」

あまりに図星で焦るのと同時に、リュージュの口からチ●ポという言葉が出るのに合わせて、俺の愚息は鎌首をもたげ美人国王秘書の顔を見ようとするのだった。

「では、スズカ様も交えて、具体的な説明をさせていただきます。お二人とも別室へ」

　リュージュが手振りで「立ちなさい」と示すので、俺はおそるおそる立ち上がる。視線を上げると、少し離れた場所でこちらを見ているスズカと目が合った。彼女はキッと俺を睨みつけてから、リュージュよりも先に王の間の出入り口へと歩き出す。不機嫌なのを隠しもしない様子で、足音が大きかった。

「……俺、なんかすでに嫌われてるっぽいんですけど」

　俺が言うのに、リュージュは無表情のままスッと鼻を鳴らす。

「王城へ来た時からずっとあんな調子ですよ。お気になさらず」

　そう言ってから、リュージュは早足でスズカに追いつき、先導するように俺とスズカの方を振り向いた。俺も小走りで二人の後を追いかける。

　リュージュのやや後ろを歩くスズカをつい見てしまう。後ろからでも黒い角はよく見える。むしろ、正面からよりも角の生えている位置がはっきりとわかった。どう見ても作り物ではない。本当に、角が生えているのだ。続いて視線が下りてゆき、彼女の尻へ。

　サキュバスというからには〝尻尾（しっぽ）〟があるはずだと思ったが……どうも見当たらない。服の中に隠れているのかもと思ったが、彼女はあまり大陸では見ない独特な模様と素材感の装束に身を包んでいるものの、下半身は短めのスカートを穿（は）いていた。つまり、尻尾を隠せるような場所はない。

　あくまで、サキュバスに角や尻尾がある、というのは人伝（ひとづ）てに広まった噂のようなものだ。

だから……いざ目の前にした〝サキュバスだという少女〟に尻尾がなかったとしても、なんら不思議はない。

でもやっぱ、尻尾、あったほうがエロいからなぁ……。

少し寂しい気持ちになりながらスズカの尻を眺めつつ歩いていると、ふと彼女が振り向いた。

それから鬼の形相で俺を睨み、ぷい！　と前を向き直る。

もしや、俺の無遠慮な目線が怒らせているのでは……と反省するのと同時に。

あれは、耽美同人誌でよく見た、「ツンデレ」というやつなのでは……!?　という歓喜の気持ちも膨らんだ。

スズカの後ろを歩いている短い間、俺は妙にそわそわしてしまって、おかげで先ほどまでのもやもやした気持ちを少しだけ忘れることができていた。

3章 ◆ 四十八手と性器と精液

Succubus 48 technique

「と、いうわけで。あなたがた二人には〝サキュバス四十八手〟を完遂していただきます」

もやもやした気持ちを忘れたのは、本当に一瞬だった。

やはり、リュージュが口を開くたびに疑問が疑問を呼び、とにかく困惑する。

スズカと共に別室に連れてこられた俺だったが結局王の間での問答に引き戻されたような気持ちだった。

「だから、そのサキュバス四十八手っていうのは一体……」

俺が口を挟もうとすると、リュージュがビッと人差し指を俺に向けた。

「待て、おすわり」

「待て、おすわり!?」

「犬はワンと鳴くんですよ」

国王がいなくなったことで、リュージュの俺への扱いが〝いつも通り〟のものに変わる。ひどい言いようだ。冷たい目線を向けられると勃ってしまう。

とりあえず言う通りにしないと話が進みそうにないので、素直に押し黙ると、リュージュは

「よろしい」と頷く。

「話を続けましょう。まあ、主にアベルへの説明となりますが」

そう言ってから、スズカの方をちらりと見て、薄く微笑むリュージュ。俺はその視線を追うようにスズカを見るが、彼女はしかめ面のまま視線を床に落とし、右足でトントンと床を叩き続けている。

「彼女は、『江呂・スズカ』様です」

「え、エロスズカ……？」

「はい、『江呂・スズカ』様。先ほどお伝えした通り、絶滅を危惧されていたサキュバス族の生き残りであり……実在を疑われた〝江呂幕府〟の正当な巫女です」

「サキュバス……エロバクフ……？」

何もわからないが、なんかエロそうだということだけはわかる。

「そういった王朝のようなものがあったと考えてください。とにかく、口を挟まず、最後まで聞くのです。あなたの疑問はすべて解消して差し上げましょう」

リュージュはそう言って、一度ゆっくりと息を吸いこんでから、再び、語りだす。

かつて、この大陸よりもはるか極東に、『江呂島』という小さな島があった。そこは諸外国と物理的に距離があり、海産物や燃料資源が豊富な島であったため、多くの強国が侵略に向かったが……そのことごとくが返り討ちに遭ったという。

逃げ帰って来た者たちは、口々に「あの結界を解くことは叶わない」と言った。

江呂島は、サキュバスのみが住まい、文化を継承してきた島。

サキュバスには女性しかいないため、繁殖のために数年に一度、人間界に斥候が紛れ込み、精子の質が高い〝皇子〟を魅了し、島に連れ帰ったという。そして、その皇子と島の正当な巫女が〝四十八〟の性交をすることで神聖な力を溜め、すべての災いを打ち払うための力を得る儀式があった。

それこそが、〝サキュバス四十八手〟である。

江呂幕府を鎮守し続けたその儀式は伝説となり、多くの尾ひれがついて広まったものの……完全に鎖国し諸外国との関わりを断ち切った上、まったく交渉――及び侵略――の余地のない江呂島は、時間の流れと共に少しずつ忘れ去られ、サキュバスという存在もろとも、風説しか残らぬ存在となっていった……。

現在、人間と魔族の戦いは、人間側が劣勢に立たされている。

人間領の要である砦や関所が次々と陥落し、魔物が住み着いているのである。

勇者パーティーはその中でも強力な魔物の討伐にあたり、その他の冒険者は自分のランクに合わせた討伐依頼を受け持ち……なんとか魔族の侵攻を食い止めてはいるものの……このまま数十年、数百年持ちこたえられるかはわからない。

勇者パーティーを擁する巨大王国『アセナルクス』の国王ジオブモは、勇者パーティーが〝現状維持〟で消耗していることに気を揉んでいた。どうにか形勢逆転を図りたい……何か方法はないものか、と思案を重ねていたところに……一縷の希望が舞い込んだ。

それが、ここに立っている『江呂・スズカ』であった。

単身で王城までやってきた彼女は、伝説上の存在とも言われるサキュバスの末裔であり、正当な血筋の巫女であると言う。

彼女は、このままでは世界の滅亡が近く、それを止めるために島を出て、大陸内で最も栄えた国であるアセナルクスの王宮を訪れた。そして……サキュバス四十八手を完遂するため、皇子の素質を持つ者を探すよう国王に進言したのだった。

当然、すぐに丸ごと信じられるような話ではなかった。

国王たちは国の首脳陣を集めて数日の会議を行ったが……かつての強国の数々を退け続けた江呂島の、その防衛力の核心に迫る〝サキュバス四十八手〟。その可能性を「そんな馬鹿な話が」という言葉のみで一蹴できるほど、人間世界の平和には余裕がない。

勇者パーティーの活動は維持したまま、かすかな希望に賭けて、サキュバス四十八手にも着手することにしたのだ。

国王はスズカの言葉をひとまず信じ、皇子の素質を持つ者を探すため、冒険者たちのステータスを再確認することとした……。

一通りの説明を終えて、リュージュは眼鏡をクイ、と押し上げる。

「選ばれたのはアベルでした」

「急に優しい声出すのやめてください。びっくりするから」

「唯一の誤算は、〝適合者〟が勇者パーティーから出てしまったことです」

リュージュはそう言って苦々しい表情を浮かべる。

なるほど、勇者パーティーを今までどおり運用する気があったのなら、確かに、そのパーティー内から四十八手の適合者が出てしまったのはかなり痛手だと言える。

改めて、俺は自分が〝使えないから〟という理由で勇者パーティーをはずされたわけではないということを実感して、少しだけ安心した。

「まあ、魔力量は射精の量と比例し、サキュバスたちにとっての〝良質な精子〟とは、魔力の豊富な精子になるわけですから……あなたが選ばれるのは必然だったのかもしれません」

「褒められてるのかなぁ」

「改めて言いますが、あなたの魔力量と射精の量は異常です。一回で容器半分も出すヤツがありますか。喉奥に出されたら溺れ死にますよ」

「なんで喉奥に出す前提なんですか」

「スズカ様の提示した条件をもとに精査したところ、あなたのチ●ポと精液のみが、条件を超える性能を持っていたのです」

「あの、粘土に勃起したチンコを押しつけて型取りしたのも、そのための検査ですか……あれめちゃくちゃイヤな気持ちになったんですけど」

「口ごたえしないでください。執務室で雁首揃えてチ●ポ博覧会をした我々の気持ちがわかりますか」

ギルドに登録されているすべての冒険者の勃起チ●ポの型を睨みつけてその形を精査したのかと思うと、俺も涙が出そうになる。「すみませんでした」と平伏するほかない。

「……とはいえ、自分には魔力量しかない、と嘆き続けていたアベルに、唯一無二の特性があったことは、僥倖とも言えるかもしれません」

リュージュはそう言い、少しだけ柔和な表情を浮かべる。

「アベル、あなたの精液は唯一無二です」

「褒めてるんですよね？」

「当然です」

褒められてるならいいかぁ、と俺が頭を掻いていると、ずっとだんまりを決め込んでいたスズカが靴をタン！　と鳴らした。

「いいかげん、ダラダラ話してないで本筋に入ってくれない？」

スズカが鋭くリュージュを睨みつけて言うのに、リュージュは再び能面面に戻り、「失礼しました」と軽く頭を下げた。どうやら、国王秘書よりもスズカの方が位の高い存在らしい。

「何度もお伝えした通り、アベルの精液の特異性は、サキュバスの〝身体〟との適合率にあります。サキュバスは〝普通の〟人間の男性から精液を得、それを活力とすることはできても……神聖な儀式にて術式を発動したり、妊娠したりすることはできません。迷信めいた話ではありますが……」

言葉の途中で、スズカが鬼の形相でリュージュを睨みつけた。〝迷信めいた〟という言葉が気に食わなかったのであろう。

「……こほん、〝伝説では〟、『サキュバスの求むるとき、適合者であるたった一人の〝皇子〟が人間界に現る』とされています。これを我々に都合よく解釈すると……サキュバスの求むる時、は、今。そして、人間界に現れた皇子、は、アベル、あなたです」

リュージュはそこまで言って、真顔で俺を見つめた。

それから、たっぷりと間をとって、言う。

「つまるところ、あなたがたにはこれから四十八回、二人でエロいことをしてもらうわけです。

……合っていますよね？」

リュージュがスズカに水を向けると、スズカは俺とリュージュを交互に睨みつけながら、はっきりとわかるほどに赤面して、「そういうことよ」と頷いた。

「そういうことです」

ダメ押しのように頷くリュージュ。

やはり……〝サキュバス〟ときて、〝精液〟とくれば……そういうことになるのか。神聖な儀式だという説明ばかり受けていたものだから「結局何をするのか」という疑問だけが解消されずにここまで来てしまったが……。

「なるほど……その、こう……エロいこと、っていうのは、つまり」

「セックスです」

ダイレクトに言われて、コッドピースの中が大変なことになる。

いや、でも急にそんなこと言われても……。

ちらりとスズカの方を見る。俺、この子で童貞卒業するって……コト……!?

そしてもう一点、気になることが。

「避妊……とかは」

「ナマナカです」

「なんでそんな言い方するの……？」

もじもじしてしまう俺だったが、逡巡する俺の思考を断ち切るように、ひときわ大きな音でダン！　と地面を靴で叩く音が鳴った。

スズカが俺の傍までずんずんと歩いてきて、胸倉を掴んでくる。

「さっきからウジウジウジウジと！　儀式中のサキュバスは妊娠しないわよ！」

嚙みつくように言うスズカ。

避妊なしで妊娠しないというのはどういう仕組みなんだ!?　という疑問が湧くのと同時に、それを口にする間もなくスズカがまくし立てた。

「そんなことより、やるの？　やらないの!?」

至近距離で彼女の瞳を見ると……なんだか、怒っているというより、焦っているようにも見えた。パッと見て、俺とそんなに年齢の差があるようには感じない。サキュバスについては詳しく知らないが……自分と同じくらい若い女の子が、今日突然出会った男とそういう行為をすることに、何の抵抗もないのだろうか。

「……君は、いいのか？」

俺が純粋な疑問を口にすると、スズカは勢いをそがれたように言葉を詰まらせて、口を開けたり閉じたりした。しかし、すぐに俺を再び睨みつけて、はっきりと答える。

「やらないわけにはいかないでしょ。世界を救うためなのよ！」

世界を、救う。

他のことは何も理解できていないが……その言葉だけは、なんだか熱さを伴って、俺の胸に浸透していった。

正直、「そっか、じゃあやるか！」とシンプルに受け止められるような話ではない。

エロい儀式に興味がないわけではないが、それとは別に、未だに勇者パーティーを抜けたくない気持ちもある。脱退はもはや決まったことなので俺がどう思おうが関係ないのはわかっているが……勇者パーティーを抜けて、この少女とその〝四十八手〟とやらを行うのが本当に世界を救うことになるのかも、今のところは確証のない話だ。

けれど……はっきりとわかっていることは、目の前のスズカという少女は、逡巡はあれど、しっかりと覚悟を決めているということだ。彼女は世界のために、自分の身を捧げようとしている。そんな姿を見せられたうえで、俺にしかその相手ができないというのなら……。

俺も同じように覚悟を決めるほかにない、と思った。

スズカの質問は、シンプルだった。やるのか、やらないのか。

そうだ、決断というのは、いつだって、そうなのだ。

「わかった、引き受ける」

俺はスズカの瞳をまっすぐ見つめて、深く頷いた。

すると彼女は驚いたような顔をし、それから逡巡したように瞳をうろつかせ、そして顔を真っ赤にし、泣きそうな顔をしたのちに、俺の胸をバシッと叩いた。

俺から一歩離れて、顔を伏せ、スズカは言った。

「そう決めたのなら……」

彼女が顔をバッと上げ、正面から、信念の籠もった瞳で俺を見つめた。

「せいぜい頑張りなさいよね。世界のために」

そう言ったスズカはどこか凛としていて……俺は、なんだか、会ったばかりの彼女のことを、とても心強く思ったのだった。

「決まりですね」

リュージュがパンと手を打ち、俺とスズカを交互に見る。

「スズカ様によれば、儀式の開始は二人のみで執り行わなければならないようです。具体的な作法については、彼女から説明を受けてください。術の秘匿のため、私はそれらを聞かされておりません」

リュージュはそう言ってから……不自然な間を置いてから、眼鏡をクイと押し上げる。そして、どこか鋭い目線で、スズカを見つめた。

「……〝我らの〟アベルを貸し出すのです。生半可な結果は許しません」

リュージュの声は低く、スズカは一瞬気圧されたようにぴくりと震えたが、すぐに、気丈に胸を張る。

「当然でしょ！　私だって、失敗するわけにはいかない」

「そうですか」

リュージュはスズカの返事に曖昧に頷いてから、俺の方へ視線を動かす。

「アベルも……気を引き締めてください。あなたが勇者パーティーから抜ける損失と差し引きして、それでもプラスになるような結果を持ち帰らなければなりません」

「……頑張りますよ。正直、まだ何にもわかってないし、自信もないですけど」

素直な気持ちを口にすると、リュージュは納得したのかそうでないのかわからぬ顔で、しばらく無言のままでいた。

それから、小さな声で言う。

「くれぐれも……気をつけて」

「え？」

突然の俺を心配するような言葉に驚いている間に、リュージュはまたいつものように淡々と話しだす。

「では……当面の間、ベッド付きの客室をお二人にお貸しします」

「え……王宮に住むってことですか？」

「当然です。サキュバス族に城下町をふらふらと歩かせるわけにもいきません」

「そ、それもそうか……」

「とにかく、ベッドメイクは完璧ですから……さっさと始めてくださいね」

リュージュが投げ捨てるように言うのを聞いて、俺は緊張しながら〝念のため〟訊いてみる。

「その……始めるっていうのは」

「儀式の細かい方法は知りませんが……まあ、とりあえず、セックスはするんでしょう？」

リュージュが苦々しい表情でそう言うのと同時に、スズカが顔をぶわっと赤くして、俺の腕を力任せに掴んだ。

「……行くわよ！」

「あ、えっ!?」

俺の腕をぐいぐいと引きながら歩きだすスズカ。俺は引きずられるように歩きながらリュージュの方を振り返った。

「き、客室ってどっちですか!?」

「王の間を出たら螺旋階段を二階分降り、東館の突き当りの部屋です」

「ありがとうございます……！　あの俺……頑張りますから！」

引っ張られながら俺がリュージュに言うと、彼女は眼鏡をクイと押し上げるのみで、何も言わなかった。

王の間を出て、スズカと二人きりになる。彼女はこちらを一度も振り向かずにズンズンと進んでいくが……。

「階段、そっちじゃないぞ」

道を間違えて進むスズカに俺が言うと、彼女は勢いよく振り返って、俺の脛を思い切り蹴った。

「痛っっっっ！」

「もっと早く言いなさいよ‼」

理不尽すぎる……！

涙目になりながら、方向変換をしたスズカにすごすごとついてゆく。

こんな乱暴な女の子と、俺はこれから一緒に儀式をしていくことになるのか……。

すでに不安でいっぱいの気持ちになり始めたものの……女の子に暴力を振るわれることなんて滅多にないので、なんだかよくわからないが下半身はゆるく勃起していた。

貸し出された部屋にたどり着いた俺とスズカ。

微妙な間隔を空けてベッドの上に座り……ちょっと途方に暮れていた。

「え～っと……天気が、いいな？　今日は？」

「……………」

「あ、あ～……朝飯食わずに来たから、腹減っちゃったなぁ、俺……。っとぉ……スズカ？はこう……好きな食べ物とか、あるぅ？」

「……………」

「えー……ッスー…………その」

　うつむいたまま無言でベッドに座って硬直しているスズカ。今のところ、この子はキレるか黙るかだ。正直に言って、かなりやりづらい。

　けれども、ここで怖気づいている場合ではない。任されたからには最後までやり遂げたいし、そのためには、スズカと打ち解けるのはまず最初にやらなければならないことだろう。

　しかし、今のところ俺の話題振りに答えてくれる様子がない。もちろん、話題の振り方が下手くそなのもあると思うが……そもそも、今までの間で彼女が口を開いたのがいつだったかを考えてみる。

一貫して、スズカはリュージュからの説明に俺が疑問を挟みまくったり、決断に時間を要したりした時に焦れたように口を挟んできた。

つまり……彼女は、無駄なことは省いて、本題から入る方が好きなのかもしれない。

と、なると……避けて通れないのは、この話題だ。

「えっと………」

俺は緊張しながら口を開く。

「セッ……クス、するのか……？」

俺が言うと、スズカはみるみるうちに顔を赤くして、ベッドから立ち上がる。そして、大声で答えた。

「しないわよッ!!」

「エーッ!?　しないの!?」

「今日は!!　しないわよ!!」

「ああ……なるほど？　いや、でもその、術式の開始のうんたらかんたらがさぁ」

「説明するから黙ってなさいよ!!」

度重なる理不尽。とにかくつんけんされている。

でも、なんかそのあたりも可愛く見えてきた。俺は女の子に甘い。

スズカは、背中の小ぢんまりとした背負い巾着の中から、見たことのない素材でできた筒状の何かを取り出した。

結ばれた紐をほどき、くるくると巻かれていたそれを、スズカがバッと開く。

横から覗き込むと、色褪せた黒いインクで、俺には読めない文字がびっしりと書かれているようだった。

「まず……サキュバス四十八手について、読み聞かせるから。一回で覚えなさいよね」

スズカはどこか緊張した面持ちでそう言って、俺を見た。

ここで緊張を見せるということは、やはり彼女にとって、この儀式はどこか神聖なものなのか、それとも、儀式の内容が恐ろしいものなのか……。

つられて俺も緊張しながら頷く。

俺が頷くのを確認して、スズカはかすれた文字に目を走らせながら、それを音読した。

サキュバス四十八手

江呂幕府が護国のために行っていた神聖な儀式。
江呂家の巫女と、それに認められた皇子が
古文書に記された通りの『条件』で、
四十八種類の体位で交わり、
『淫紋』を起動することで奇跡を起こす。
儀式は正しい手順で行われなければならず、
一つでもおざなりにすれば淫紋は光らず、奇跡も起こらない。
ルールは以下の通りである。

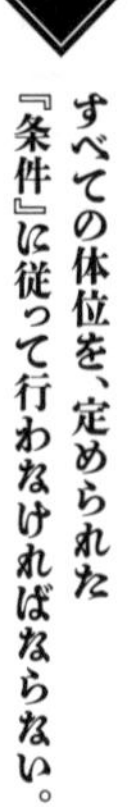

一

すべての体位を、定められた
『条件』に従って行わなければならない。

二

四十八手はすべて『同一の』男女で
行わなければならない。

三

儀式中、四十八時間以上皇子と巫女が互いを
視認できない距離に離れ続けていてはならない。

四

四十八手をすべて終えるまでは、
皇子も巫女も共に、他の存在の性器に
自分の性器をこすりあわせることを
してはならない。

五

四十八手をすべて終えるまでは、
儀式以外で皇子と巫女が交わってはならない。

六

最初の儀式を開始してから
（古文書にて誓約を結んでから）
六つの月が経過するまでに四十八手を完遂する
ことができなければ、皇子と巫女は命を落とす。

上記すべてを満たさねば、
江呂サキュバス四十八手の奇跡は起こらず、
皇子と巫女は命を落とすこととなる。
しかし、四十八手を行えば、一手進めるごとに〝世界〟にも〝皇子〟にも
ささやかな福音がもたらされるという……。

「書かれている内容は……こう」

すべてを読み終えたのちに、スズカはゆっくりと顔を上げた。

「……整理するか」

俺は、話しやすいようにスズカに少しだけ近づきつつベッドに座り直す。実のところかなりおそるおそるの行動だったが、彼女は怒らなかった。

「つまり、俺たちは、これから四十八回、指定された体位でエロいことをする」

「……ええ」

「始めたら、俺とスズカの二人でやり遂げなければならない」

「……そう」

「儀式中、四十八時間以上……つまり二日以上一度も顔を合わせないようなことがあってはいけない」

「なんの意味があるのかはわからないけど、そういうことみたい。毎日顔を合わせろってことね」

「えーっと……儀式を始めたら、俺も、スズカも……他の人、および、他の生物とセックスしてはならない」

「そうね」

つまり、俺はこの子で童貞（どうてい）を卒業し……それ以降は、儀式が終わるまでは他の誰ともセックスできないということになる。

いや！　文句があるわけではない、決して！

控えめに言ってもスズカはものすごく美少女だし、そもそも普通に生きていて、童貞を捨てる――娼館に行く、とかではなく――機会があるだけでも感謝すべきことだ。

そうはいっても……しかし……。

グッ、と奥歯を噛みしめる。

……俺は、はちゃめちゃにおっぱいの大きいお姉さんと、エッチがしたいんだ……ッ！

聖魔術師アベルはデカパイが大好きなのである。

「その、これって……手コキとか、パイズリとかはセーフ？　スマタは多分ダメだよな……性器同士になるし……」

俺がかろうじての抵抗でそんなことを言うと、スズカは訝しげな表情を浮かべた。

「なにその確認。他にする相手でもいるわけ？」

「…………いないですけど……しっかりルールの確認をしているだけですけど……」

「なんで落ち込むのよ」

突然落ち込みだす俺を見て、スズカが困ってしまっていた。困らせたいわけじゃないので、一旦気持ちを切り替える。

「で、儀式を始めたら、儀式以外で俺とスズカがセックスをしてはいけない」

「そうね。まあこれは大丈夫でしょ」

「大丈夫って？」

「え？　別に、禁止されなくても、しないでしょ？」

「…………そうかもな」

ちょっぴり、寂しい気持ちになりながら俺は頷く。出会ったばかりなのだから当然といえば当然だが、そんなに素っ気ないことを言われるとへこんでしまう。気持ちとは裏腹に、可愛い子に冷たくされるとちんちんは勃つ。

「そして……問題は最後」

とにかく、一喜一憂している場合ではない。話を進める。

俺は眉根を寄せながら、言った。

「六カ月ですべての儀式を終わらせなければ、俺たちは……死ぬ？」

「……ええ、そうよ」

スズカは俺と対照的に、落ち着いた様子で頷いた。

「ここに書かれていることに……きっと、嘘はない」

「きっと？」

「ええ。確証はないの。なぜならこれは長らく秘匿されていた儀式だから」

当然のようにスズカは言ったが、俺は不思議だった。

「どうして？　強力な儀式なんだろ」

俺の問いかけに、スズカは表情を曇らせた。

この〝サキュバス四十八手〟が、長らく江呂幕府を護るために使われてきた儀式だというならば……少なくとも江呂島に住むものにとっては身近な儀式なのかと思ったが……。

「……それは…………わからない」

スズカはどこか歯がゆそうに言った。

「島には、あたしが持っているこの巻物以外に……四十八手について記されているものはなにも残っていないわ。そして、この巻物を手にして読むことができるのも、巫女の正統な血筋を継ぐ者だけ」

「待ってくれ、じゃあ、実際にその儀式をやったことのあるサキュバス以外は、誰もやり方を知らないってことか？」

俺が目を丸くしながら訊くのに、スズカはおもむろに頷く。

「ええ……あたしも、つい最近まで、この儀式については〝存在以外は〟何も知らなかった。そんな儀式が今まで実行されていたことすらも……知らなかったのよ」

「そんなことあり得るのか……？　だって、その儀式で島は守られてたんだろ？」

「だから！」

スズカが声を荒らげる。しかしその勢いは長く続かず……彼女はがくりと肩を落とす。

「……守られてたことすら……知らなかったのよ」

彼女の言っていることは、正直、理解しがたかった。けれど、彼女が嘘をついているようにも見えない。俺は困惑しながらも、話を整理する。

「つまり……長い間、スズカの故郷、江呂島はその四十八手によって粛々と守られていた。

けれど……その儀式に関わるもの以外は、その方法も知らないし、それがいつ実行されたのかも知らなかった……ってことか？」

　俺がスズカの話の要点をまとめると、彼女はこくりと頷く。

「……ええ。そういうことになる」

「………じゃあ、スズカは、一体どうやってその儀式のことを知ったんだ？」

　俺が重ねて質問をするのに、スズカは一瞬動揺したように視線を不自然に揺らしたが……すぐに、平静を保つように真顔に戻って、言う。俺にはその様子が、どうも何か取り繕ったように見えた。

「もちろん、あたしがその儀式を遂行する番になったからよ。これでもあたしは十七歳。もう子供だって産めるんだから！」

　胸を張ってそう言うスズカ。俺はドキリとした。

「いや、でも儀式中は妊娠しないんだろ……？」

「そうだけど、それでも、えっと……四十八手は、子供が産める歳になった巫女じゃないと実行できないの！」

「……そんなこと書いてあったか？」

「書いてないけど、そうなのッ！」

　スズカが怒鳴る。疑問は残るが……これ以上突っ込まない方が良い気もした。彼女の機嫌を損ねて得なことは何もない。

スズカは話を戻すように、真剣な表情で言った。

「わからないことは多い。でも……これに賭けるしかないのよ。あんたも、世界を救いたいでしょ？」

まっすぐに問われて……俺は頷く。

「……ああ。そのために戦ってきた」

嘘はない。ずっと……世界のために、勇者たちと共に、戦ってきた。勇者パーティーでの任務が、多くの人を救うことになると、信じて疑わなかった。

パーティーを脱した今でも、世界のために戦いたいという気持ちに、なんら変わりはない。

はっきりと答えた俺を、スズカはしばらく、こちらからは何を考えているか読み取れない表情で、見つめていた。

「……そう。じゃあ、やるしかないわね、六カ月以内に」

「ああ、そうだな」

「そして……今確認したすべての条件、その一つでも破れば、あたしたちは死ぬ」

「江呂島に住んでたお前が言うなら、きっとそうなんだろうな」

俺が頷くのに、スズカは言葉を止めて、不思議そうに俺を見た。

「……疑わないのね」

スズカがそう言うので、俺も思わず眉を寄せる。

「どうして疑うことがあるんだよ」

「だって……こんなの、突拍子（とっぴょうし）もない話だし、信憑性（しんぴょうせい）もない。あたしとあんたも、今日初めて会ったわけで」

「関係ない」

俺はスズカの言葉を遮（さえぎ）り、首を横に振った。

彼女の言うこともわかる。俺だって、突然勇者パーティーを脱退することになり、それから数日後に、実在すら疑わしかったサキュバスが目の前に現れて、その女の子とエロいことをすることになるなんて思いもしなかった。さらに、その行為が世界を救うことになる！　しかも、六カ月以内に終わらせないと死にますよ！　だなんて言われても、そんな話を、実感を持って理解できるはずもなかった。

けれど……理解できないからといって、信じない理由にはならない。確証がないからといって、やらない理由にはならない。

勇者パーティーにいた頃と、何も変わらない。

勇者パーティーが活躍すれば、世界を救えるのか？　そんなことは、実際に救わなければ、わからない。だったら、戦う意味などないのだろうか。そんなはず、ない。

「決めるだけだ。やるのか、やらないのか。信じるのか、信じないのか」

俺がそう言うのに、スズカは驚いたように目を大きく見開いた。

「俺は、スズカと、その儀式を信じることにした。信じたからには……やり遂げる。それだけのことだよ」

俺が言い終わっても、スズカはしばらくの間、呆気にとられたように俺の両の目を交互に見つめながら口をぽかんと開けていた。

そして、彼女は一瞬じわりと瞳を潤ませたのちに、顔を伏せる。

それから、ぼそりと言った。

「………キモッ」

「なんで!?!?」

「でも、その心意気は買うわ。四十八手の皇子はそうでなくちゃ」

スズカは力強く立ち上がり、手にしていた巻物をベッドの上にバッと開き切る。

巻物の今まで見えていなかった末尾の部分には、なにやら四角い囲いが二つ、特殊なインクで記されていた。今まで彼女が読んでいたかすれた文字とは対照的に、古い巻物とは思えないほどにはっきりとした黒い四角形である。

俺は、こういう〝囲い〟に見覚えがあるような気がした。そう……これは〝契約書〟の端にある、印を押す欄によく似ている。

俺がそんなことを考えているなか、スズカはどこか意を決するような表情を浮かべていた。

それから、彼女はおもむろに、二つあるうちの一つの囲いに……唇を近づけていく。

その姿は……俺の目には、まるでスローモーションのように映っていた。不意に始まった行為だけれど、目を離すことができない。

なんて蠱惑的で、美しくて、可愛らしい唇なのだろう。艶があり、触れたら溶けてしまいそうだと思った。今すぐ唇を奪って、そのまま彼女を乱暴に抱きしめたいという衝動が湧き上がる。

スズカの唇が巻物に触れると、囲いの中に、じわじわと、赤く輝く紋様が浮かび上がった。神々しい、かつ、見たこともない魔術に俺は驚愕する。いったいどういう仕組みなのか。

「……これで、あたしの誓いは済んだ。あたしは、この儀式を終わらせることができなければ……死ぬわ」

スズカが静かにそう言った。彼女があまりに淡々とした態度なので、俺は一瞬遅れて慌てる。

「……い、いいのか？　成功するかもわからないのに、そんなに簡単に命を懸けて」

「別に、簡単じゃないわよ」

スズカはきっぱりと答える。

「覚悟は、島を出るときにとっくに済ませたわ。あたしにはそのための時間が、十分あったってだけ。それに……あたしも、あんたと同じ」

「同じ？」

スズカは頷いて、凛とした表情で、言い放つ。

「やると決めたから、やるだけよ」

「……そうか」

簡潔な言葉だ。けれど、だからこそ、覚悟を感じた。

怒りっぽくて、理不尽で、俺に冷たいけれど……芯の部分は強い女の子なのだと思う。俺は、少し彼女のことを見直す。

俺も巻物を手に取って、スズカに問う。

「俺も同じようにしたらいいのか？」

先ほどの彼女の作法で、やはり、これは契約なのだとわかった。囲いの中に口づけをすれば儀式を行う者としての契約が完了するということなのだろう。

彼女が率先して見本を示してくれたのだ。俺も続かねばなるまい。

……と、やる気を出していたのだが、スズカはうっすらと顔を赤くしたまま、何も言わない。

「スズカ？」

「……しなさい」

「なに？」

「あんたは射精しなさい」

「ええ……？」

思わず間抜けな声が出る。

なんで俺だけ射精しなきゃいけないんだ！

「あんたの精液を術式に紐付けするのよ」

「そんな、タッチで支払いみたいな……」

タッチで支払いとは、指紋情報と冒険者の預金口座を紐づけて、指紋を押しつけるだけで支払いができる便利な術式である。

「精液で契約、といったところね」

「そんなタッチで支払いみたいな！」

「早くしなさいよ」

「いやぁ……そんな急に射精しろって言われても……」

女の子に見られながらじゃさぁ……。

「なに？　緊張して勃たないとか言うつもり？」

「まあ……そんなところウワァ!!!」

俺がもじもじしていると、スズカが突然パチンと指を鳴らした。

するとその瞬間……俺の衣服が全部、勝手に脱げた。

そして、スズカの視線は、俺の股間に注がれている。

「めっちゃ勃ってるじゃん！！！！」

スズカが叫ぶ。しかし俺はそれどころではない。

「指鳴らしたら服脱げるってどういうカラクリ!?」

「サキュバスなんだからこれくらいできるに決まってるでしょ！」

いやどういうこと!?

困惑する俺をよそに、スズカは俺の猛り狂うちんちんを指さす。

「それよりめっちゃ勃ってるじゃん！！！！」

「突然脱がすなんて!!　スケベマジシャン!!　淫らな種族!!!」

お互いに気にしているところが違い、話が錯綜する。とにかく二人ともめっちゃ叫んでいた。

「こんなに勃ってるんだったら早く出しなさいよッ!!」

「そんな一瞬で射精なんてできるわけないだろッ!!」

俺が言うと、スズカは俺の顔とチ●ポの間で視線を行ったり来たりさせたのちに、おそるおそる、チ●ポの方に視線を固定する。

その瞬間、俺の身体がぞくりと震えた。

あれ、なんだこれ。何かがおかしい。スズカがいきり立つ肉棒にゆっくりと唇を近づけて……。

「ふ～♡」

真剣な表情で、イチモツに息を吹きかける。

その瞬間、俺の腰のずっと奥、名前はわからないが射精に対して許可を出す器官が猛烈に刺激され……。

「ウッ！！！」

俺は、壊れた水鉄砲のように射精した。

そんな……いくら童貞だからって、女の子に息を吹きかけられただけでイッてしまうことなんてあるのか？

しかし、スズカの「ふ～」の後ろには明らかに〝♡〟がついていた。顔は真剣そのもので、真っ赤になりながら、こちらを誘惑する様子など何もなかったというのに、俺の身体はスズカの語尾の「♡」を感じ取ったのである。

頭がイカれそうだった。視覚情報と、身体が受ける情報が食い違っている。

「うっ……………くっ……！」

「うわ……ちょっと……出しすぎ……」

「なんか……止まんなくて……ッ」

「白いおしっこだったりしないわよね……？」

「ショタ同人じゃねぇんだぞッ!!」

俺はブチギレながら射精していた。本当に止まらない。

同時に、目の前ではおかしなことが起こっていた。俺の大量射精を、空欄だった囲いが吸いこみ続けているのだ。そして、スズカが巻物にキスをしたときと同じように、じわじわと独特な紋様が枠内に出現する。

スズカは恐ろしいものを見るような顔で俺の止まらない射精を見ている。

「い、いつまで出してんの？」

「いや、それが……！」

止まらない、という表現では誤りだ、と俺は気づく。

〝吸い取られている〟が正しい。

射精の快感が全身に走り続け、気が飛びそうだった。視界がちかちかと明滅し、世界が白くなってゆき……。

　気づけば、辺りには誰もおらず、何もなかった。

　俺は全裸で、ただただ白い空間の中に立っている。どこにも影が落ちず、果たして自分がそこに本当に立っているのかどうかすら、わからなかった。

『よう参った。ずっと……ずっと、待っておったぞ』

　その声は、空間に響いたのか……俺の頭の中で響いたのかわからない。

　後ろに気配を感じて、俺は振り向く。しかし、誰もいない。

『こっちじゃ』

　振り向いた俺の後ろから、誰かが抱きつく。

　甘い香りがして、胸が締めつけられる。

　俺は、後ろから抱きついてきた〝何者か〟のことを愛していると思ったし、ずっと会いたかった気がした。

『良き……良き男児じゃ。おぬしこそ皇子にふさわしい』

優しく、愛おしい声が俺に語りかける。背中には確かなぬくもりを感じた。

「そうだろうか……俺は、まだ、何も知らなくて」

『いずれ、わかる。おぬしは成し遂げる』

「俺にできるだろうか」

『できるとも、絶対に』

「あなたがそう言うなら……きっとそうだ」

『余に会いに来い……四十八手の先で、待っておる』

背中から、愛しい何かの気配が去るのを感じて、俺は慌てて振り返る。


「ま、待ってくれ!! 行かないで!」


振り向くと、もう誰もいなかった。

胸が締めつけられる。

誰だかもわからないのに、もっと話したかった。

また会いたいと思った。

やり遂げなければならない。やり遂げなければ……。

「……ねぇ…………ねぇってば!!」

身体をぐらぐらと揺すられている感覚に、俺はハッとした。

落ちた視線の先に、しんなりと力をなくしてしょぼくれているちんちんが見えている。

「はっ！　なんか……ん？　なんか、夢を見ていたような気が……」

「バカみたいに射精したと思ったら急に気絶するから焦ったわよ……！」

「あ、ああ……すまない」

俺は頭を左右に振って、スズカが手に持っている巻物を見た。

スズカの刻んだ魔法陣の下に、新たな魔法陣が刻まれている。

「……契約は完了したのか？」

「……ええ、そのようね」

スズカは神妙に頷いてから、俺の視線を追うように魔法陣を見つめる。

それから、ふと思い出したように俺の方を見て……一瞬、顔を赤くしたのちに、指をパチン！　と鳴らした。

すると、俺はあっという間に着衣していた。

「……これはほんとにどういう仕組みなんだよ」

「サキュバスは一瞬で男の服を脱がせられるし、着せられる。当然でしょ？」

「サキュバスって神様か何かなの？」

ちょっとかっこいいと思ってしまった。

スズカは鼻を鳴らし、ベッドから立ち上がる。

それから、なんだか複雑そうな表情で、俺を横目に見た。

「……正直、あんたのこと、めちゃくちゃ頼りないと思ってる。アホ面（づら）だし、お、おちんちんだけありえないくらいデカいし、気持ち悪いくらい射精するし……」

「正直、って前置きしたらなんでも正直に言っていいわけじゃないんだよ？」

「でも、あくまで……世界を救うためよ。そのための、同盟だと思ってちょうだい」

そう言いながら、俺に右手を差し出すスズカ。

俺はそれをしばらくじっと見つめてから、頷く。

「……まあ、初対面で『頼れ』『信じろ』っていうのも難しい話だからな。ゆっくり、頼ったり信じたりしてくれたらいい。けど……こうなったからには、俺はお前のこと、ちゃんと信じることにするから」

言ってから、俺は彼女の手を握った。そして上下に振る。

関係を作ってゆくうえで、最初は〝利害の一致〟が理由でいい。それでも、こうして握手をすると、なんだか少しだけでも絆（きずな）を深められたような気がして、嬉（うれ）しかった。

スズカはしばらく無言で、握られた手を眺（なが）めていた。それから、なんだかどぎまぎした様子で、俺を見る。

「……ッ。男の人って……みんなそういう感じなわけ……？」

「え、何が？」

「だから、その……なんていうか……」

スズカは少しもじもじとしたのちに、急に顔を赤くした。

「なんでもないッ！」

そして、パッと手を離したかと思えば、そのままの流れで俺の顔を平手打ちした。

「痛ァ!?!?」

「あんたが悪い!!」

急に俺に背中を向けて歩き出すスズカ。

「え、ちょ、どこ行くんだよ」

「さっさと〝第一手〟の準備を始めるわよ!!　あたしたちには時間がない!!」

「それにしても、もうちょっと初対面を大事にしろよぉ」

部屋を出てしまいそうなスズカを、慌てて追いかける。

スズカの背中を追いながら、俺は改めて……ここ数日のことを思い出していた。

突然の勇者パーティーからの脱退。かと思えば〝サキュバス四十八手〟などという聞いたこともない儀式の〝皇子〟になれと言われ……理不尽を固めて作ったかのようなスズカと出会った。

何もかもが突然すぎて心はついていけてなかったが……俺はこのとき、確かに、どこかワクワクしている自分を感じていたのだ。

5章

薬剤師とパイズリと初体験

Succubus 48 technique

《第一手　イワシミズ》

○条件

・まず〝江呂神酒〟を互いに飲み交わす。
・互いが裸になり、一度口づけをする。
・皇子が巫女の秘部を口によって愛し、絶頂させる。
・〝第一の淫紋〟が起動し、皇子と巫女の契約関係が確定される。

「まず、江呂神酒っていうのを作らなければならないわね」

　第一手の手順が記された小さな巻物を開きながら、スズカが言った。

　その背後には四十七個の巻物が積まれていた。そのすべてが、驚くべきことに、彼女の持つ小さな背負い巾着から出てきたもので、俺は彼女がそれらをポコポコと取り出す姿を見て目を白黒させていた。

スズカが言うには、魔法術式の練り込まれた巾着なのだという。

なんでも自由に出し入れすることができる、という説明を受けながら、俺は「チ●ポを入れたらどうなっちゃうんだろう……！」と空想を膨らませていた。

「どうやらその素材には魔物や原生植物のエキスを使うようだけれど……あたしは大陸の魔物には詳しくない。あなたはわかる？」

しょーもない妄想を膨らませていた俺とは対照的に、スズカは真面目くさった表情で第一手について思案していた。そう、これは世界を救うための儀式だ。俺も気を引き締めなければならない。

「これでも勇者パーティーにいたからな。魔物にはそれなりに精通しているつもりだけど……さすがにエキスなんかの抽出には明るくないぞ」

見栄を張っても仕方がない。正直に答えるとスズカは悩ましげに唸った。

「では」

突然背後から声がして、俺とスズカの身体がびくりと跳ねた。慌てて振り返ると、そこにはリユージュがしれっとした顔で立っている。

「来てるなら言ってくださいよ！」

「失礼しました。癖になってるんです、音殺して部屋に入るの」

「暗殺者か何か？」

「それより、本題です」

　リュージュがクイ、と眼鏡を押し上げる。

「王宮お抱えの薬剤師がいます。彼女は魔物や植物についても、国中を探しても右に出るものがいないほど詳しい。紹介するので、彼女に話を聞いてみてはいかがですか？」

「……そんな人が？　俺、初めて聞いたんですけど」

「ええ。国家機密ですので」

「国家機密!?」

「そして〝四十八手〟は国を挙げての、同じく〝極秘任務〟です。彼女の力を借りる判断は妥当かと」

　当然のように言うリュージュ。

　そうか……国王は、それほどまでにこの儀式に〝賭けて〟いるということか。

「じゃあ……連れて行ってもらっても？」

　俺が言うのに、リュージュは頷く。それから、スズカの方を見た。

「スズカ様は、私についてきてください。申し訳ありませんが、一旦別行動をとっていただきます」

　スズカは驚いたようにリュージュを見つめる。

「どうして？」

　スズカの疑問の表情に、リュージュはあくまでクールに答えた。

「……そろそろ〝まともな食事〟が必要では？」

リュージュの言葉に、スズカはハッと息を呑んだ。

なんのことだ……？　俺がぽかんとしているのをよそに、スズカはおずおずと頷いた。

「そ、そうね……。じゃあ、悪いけど、薬剤師のところにはアベル一人で行ってもらおうかしら」

「ん？　食事なら俺も一緒に摂るけど……」

腹減ってるし。

俺があっけらかんとそう言うと、リュージュとスズカが同時に、キッとこちらを睨んだ。

「いいから！」

「アベルは薬剤師のもとへ。時間がありませんよ」

「お、俺のご飯はぁ？」

「素材を手に入れてからゆっくり食べればよろしい」

「ひ、ひどい……」

お腹が空いているのでちんちんもちょっぴりしか勃たない。

リュージュは胸の間にずぷりと手を入れて、そこからメモ帳を取り出した。え？　胸の間からメモ帳を……？

そしてそこにサラサラと地図を描き、千切って俺に渡す。

「薬剤師〝エーリカ〟の工房は、城の敷地内にあります。本館を出てからの地図を書きましたので、この通りに向かってください」

「う、うす……」

手渡された紙をドキドキしながらつまむ。あの爆乳の谷間から出てきた紙だ……。

リュージュは平然とした顔でメモ帳を胸の谷間にしまいなおした。どういうマジック？

「では、別行動としましょう」

リュージュはそう言い放ち、スズカを手招きで呼んだ。スズカは妙に素直に頷いて、リュージュの後に続く。

それから、ハッと何かに気づいたように俺に駆け寄ってきて、小さなメモを渡す。

「これ、必要な素材。じゃあ……頼んだわね」

やけにしおらしくスズカはそう言って、リュージュと共にそそくさと部屋を出て行った。

一人取り残されて、なんだか寂しい気持ちになったが……。

「ま、俺も早いとこ行くか……腹も減ったし」

朝から何も食べていないのだ。さっさと素材の確認を行って、俺も何か食べたいところ。

ぽりぽりと頭を掻きながら立ち上がり、地図に目を落としながら歩きだす。

俺の思っていた以上に、王城の敷地は広かった。国王に呼び出された際は当然城に向かうのみなので、城の後方にこんなにも敷地が広がっているとは知りもしなかった。

少し歩くと色とりどりの美しい花が植えられた庭園があり、地図には、そのさらに奥へ進むよう書かれていた。

　庭園を越えると、今度は鬱蒼とした森の中に入った。しばらく歩くと……森の中に、ぽつんと、寂れた小屋が立っていた。

　……なんというか、〝薬剤師の工房〟というよりは〝魔女の住まう廃屋〟と言った方がしっくりくるような佇まいだった。

　おそるおそる扉へと近づき、それを開く。

　カランカランと扉の上部に取り付けられていた呼び鈴が鳴り、俺はびくりとする。室内は薄暗く……所せましと何やら不気味な物体の入った瓶の置かれた棚が並んでいた。

　そして、奥まった場所の棚の前に、長身の女性が立っている。呼び鈴の音に驚いたように彼女は振り返り……。

　その瞬間、俺の耳には確かに、『ドタプン』という音が聞こえた。そんな音はしていないのだが、絶対に、聞こえた。

「デッッ……!!」

　驚いて俺は声を上げてしまう。

「?」

　振り向いた女性は、ぱちくりと瞬きをしながら、俺を見つめる。

　俺は、とにかく、その女性の胸部を見て絶句していた。

　デカすぎんだろ……。

「あ……あ……お、お客さん……ですかぁ……？」

女性はみるみる汗をかき、背中が丸くなっていき、視線をあちこちに移動させた。背中が丸まり前傾姿勢になると、そのデカすぎる乳が余計に強調されて、俺もつられて前かがみになる。

「や、薬剤調合のご依頼です、かぁ……？　それとも、ま、魔物素材のぉ……持ち込みですかぁ……？」

そう問われて、ハッとする。爆乳を前に、目的を見失ってはならない。

「えっと、エーリカさんっていうのは、あんたか？」

「そ、そうだよぉ……」

「リユージユ秘書官に紹介を受けて来た、アベルだ。実は調合について相談があって……」

「リユージユちゃんからの紹介なんだね！　そ、それなら安心、安心……」

パッとエーリカの表情が明るくなる。けれど、背中は丸まったままだった。

「ちょ、調合だよね……？　素材と、用途がわかれば、ど、どうにかできると思うよぉ」

彼女は相変わらずおどおどとしながらも、先ほどまでよりも快活な様子で話す。

「ああ、ここにリストが……」

俺はポケットから、スズカからあらかじめ預かっていたメモを取り出して、エーリカに渡す。

「ふん……ふん……」

彼女はそのメモに目を通しながら頷く。そのたびにデカすぎる乳がぷるぷると震えるので、俺のちんちんも震えた。

「えっと……ゼツリンバナの液胞……インシンカズラのめしべ……えっ……ウルフの精嚢をすり潰して……？　うーん、あるには、あるけど……」

　ぶつくさ言いながら、エーリカは緩慢かつ無駄のない動きで、ぐちゃぐちゃな棚の中から素材を取り出し始める。

「ず、随分と複雑な薬なんだねぇ……」

　エーリカは素材をテーブルの上に並べながら言う。

「江呂神酒っていうらしいんだけど」

　俺が答えるのに、エーリカは一瞬きょとんとした表情を浮かべたのちに、「ああ……！」と声を上げた。

「江呂……って、ことは……さ、サキュバス四十八手、もしかして、始まった、の？」

「知ってたのか!?」

「リュージュちゃんから、事前に……聞いてはいたから。もしかしたら、わ、私の助けが、必要になるかもしれないからぁ、って」

　さすがの根回しだ。このエーリカという女性が王城に匿われているというのも、彼女が国から信頼を置かれているということの表れなのだろうか。

「なるほど……早速、手を借りに来たわけだから、根回ししてもらってて正解だな」

「りゅ、リュージュちゃんはなんでもお見通しだからねぇ」

「王宮お抱えの薬剤師って聞いたけど、忙しくないのか？　こういうふうに突然来られたら迷惑だったりとか」

「だっ……大丈夫、大丈夫……。し、仕事だし……それにぃ」

エーリカはちら、と俺の方を見て、すぐに目を逸らした。

「こ、こういうふうに、依頼人が、直接来ることってあんまりなくてェ……」

「え、そうなのか？」

「う、うん……基本、リュージュちゃんが、持ってくるの。それを、作って、納品して、お、おしまい……」

「そうなのか……迷惑だったか？」

「う、ううん……！　その……久々に、リュージュちゃん以外の人と、会ったから……」

エーリカがそこまで言って、さらに背中を丸めながら、もじもじと言った。

「ちょっと、ドキドキしちゃって……」

それを見て、俺もぎゅっ！　と前かがみになる。こ、この人……なんか可愛い……！

「そ、そんなことより……。素材、ほとんど在庫があるものだったから、す、すぐに作れそうだよぉ」

エーリカは素材の並んだテーブルをぽんぽん、と叩きながら言った。

「本当か？　良かった……。でも、〝ほとんど〟って」

「う、うん。一つだけ足りないものがあってぇ……」

「今日中に取りに行けるようなものか？」

「うん……その……」

エーリカは歯切れ悪そうに言葉を区切って、上目遣い気味に俺をちらちらと見た。

なんだ……？　と不思議に思っていると。

「き、君のせ、精液が必要みたいでぇ……」

「はっ？」

俺は目が点になる。

神酒に、精液を入れる……？

俺は第一手の内容を思い返す。

第一手は、江呂神酒を互いに飲み交わして始まる儀式だったはずだ。ということは……。

「えっ！　俺、自分の精子飲むってこと？」

「そ、そうなんじゃないかなぁ……」

「イヤだぁ……」

俺が思い切り顔をしかめるのに、エーリカはきょとんとする。

「？　精子なんて、ちょっぴり魔力の入ったたんぱく質だよぉ？」

彼女の発言に、俺は目を白黒させてしまう。薬剤師らしい価値観だけれど、俺にとってはそうすっぱり割り切れる話でもない。

いや、しかし……これは随分と身勝手な価値観なのでは？　だって女の子には精液飲んでほしいもんな……なのに自分では飲みたくないというのは、これいかに……。

俺が難しい顔を浮かべている間に、エーリカがのんびりとした歩調で俺に近寄ってくる。手にはビーカーが握られていた。

「じゃあ……こ、ここで出しちゃおっか」

エーリカがニチャア……と下手くそな笑みを浮かべながら言った。

「なんか今日こういうのばっかだ!!!」

俺は叫ぶ。けれど、おちんちんはバチクソに勃起していた。


エーリカが、おそるおそる、丁寧に俺の服を脱がせてゆく。俺の冒険用の服はそもそも〝さっと脱ぐ〟ことが想定されていない作りのため、普段着に比べて脱がせるのが難しい。それも当然だ。冒険中にパッと服を脱ぐ必要があるシーンなどほとんどないのだから。

「じ、自分で脱ぐぞ……？」

俺が言うのに、エーリカはふるふると首を横に振った。

「こ、こういうのって……女が脱がせた方が、興奮するでしょぉ……？」

「なんで興奮させようとしてるの!?」

「ええ……？　だ、だって、射精するんだよね……？」

「あ、はい……そうですけど……」

なんかこの人めちゃくちゃバグってないか？　と思うが、口にはしない。いろいろ考えてはいるんだけど、結局視線は目の前でふるふると揺れる長ぇ乳に吸いこまれている。

苦戦しながらエーリカがあとは下着一枚！　というところまで俺を脱がせた。下着の中で、ギチギチに勃起しているのが自分でもわかる。彼女もどこか驚いたように下着のふくらみを見つめていた。

ただ、一つ心配なのは……。

「あの、俺……朝から四十八手の儀式のために死ぬほど射精しちゃって……」

情けない声で俺が言う。そう、俺は〝契約〟のために気絶するほど射精をし、あの不思議な巻物に、精液を吸い取られてしまったのだ。

「出るかどうか、ちょっとわかんなくて……」

もじもじしながら俺が言い切ると、エーリカは何度かぱちくりと瞬きをしたのちに。

「じゃ、じゃあ……出るかどうか、た、試してみよ……？」

そう言って、ずるりと俺の下着を下ろした。しっかりと勃ったイチモツが、バイーン！　と飛び出してくる。

「わ……」

エーリカは飛び出た俺のチ●ポを興味深そうに眺めて……そして、流れるように、素手で触った。

「いや、あのあのあの！」

俺は叫ぶ。

「ん？」

「ん？　じゃなくて！　その……し、してくれるのか……？」

「え？　だって……お、女がしたほうが、男はこ、興奮するから……精子出やすいでしょぉ？」

「それはそうなんだけども！　こんな、初対面で、イヤじゃないのか？」

「？　なんで……？　精子、必要だから、出してもらうだけだよぉ？」

「あ……そっかぁ……」

完全に、価値観の違いを理解した。

自分の精液を飲む、飲まない、という話の時でも薄々感じていたことだったが……エーリカは、俺の精子を、エロい行為の末に出る液体というよりは、シンプルに〝素材〟だと思っているようだった。きっと、彼女の薬剤師という仕事での経験がその価値観を形作っていったのだろう。彼女にとって、生物の身体にまつわるものは、一種の〝素材〟なのだ。

で、あれば。これ以上何も言うことはない。身をゆだねるのみである。それどころか、こんなにおっぱいの大きい女の子に性器を触ってもらえるのだ。喜ばしいことじゃないか。

エーリカはおっかなびっくり、という様子でありながら、どこか愛おしそうな優しい視線を俺のイチモツに向ける。そして、ゆっくりとその指で陰茎を触る。

こす、こす、と優しく撫でられると、もどかしい快感が身体の奥の方をくすぐってくる。

「おっきいね……たくましいね……」

エーリカは無意識のようだが……妙に男を煽るセリフを口にしている。俺はやけに興奮してしまって何も言えなかったが、代わりにちんちんがぴくぴく動いて返事をしていた。

「どう……？　出そう……？」

「う、うーん……」

「き、気持ち良くない……？」

「いや、気持ちいい。すごく気持ちいい……んだけど……」

やはり、なかなか……射精にまで至らない。ずっと、甘やかな刺激が続いていて、気持ちはいいのに、絶頂へと向かってゆかない。

エーリカは俺の陰茎をこすりながら、不安げにこちらを見つめた。

「だ、出さないといけないから……何か、したほうがいいこととかあったら、い、言っていいよ……？」

「いや、さすがにそれは……」

正直、もう一段階、上の興奮が欲しい気持ちはある。刺激も、もうちょっと強めのほうが良いだろう。しかし、初対面の女性にそこまで求めてよいものなのだろうか。

俺が逡巡しているのをよそに、エーリカはきょとんと小首を傾げる。

「こ、これ……世界を救うための、儀式、なんでしょぉ？」

「あの、エーリカ……」

世界を救うためなら、いっか！

「な、なぁにぃ……？」

「おっぱいを……見せてくれないか……！」

すでに谷間はドーンと俺の前にあるのだが……やはり、男児ならば、その先にある、秘された部分を見たいのである。

俺が言うと、エーリカは視線を挙動不審にきょろきょろと動かして、俺から見てもわかるほどにだらだらと汗をかきはじめる。

「えっと……その……わ、私の、ってこと……？」

「他に誰のがあるんだ……！」

「魔物のおっぱいなら、だ、大体保管してあるけど……」

「エーリカのおっぱいを見せてください！！！」

この状況で魔物のおっぱいが見たいって言うわけないだろうが！

俺が叫ぶと、エーリカはびくりと身体を跳ねさせ……それから、困惑したように身振り手振りを激しくする。

「い、いい、けど……私のなんて見て……こ、興奮、できるの……？」

「はっ？」

思わず素っ頓狂な声が出てしまう。

「ほ、ほら……私、か、かわいくないし、し、身長も大きくてェ……おっ、おっぱいも、バケモノみたいに大きくてェ」

ブチッ、と脳の血管が切れたような感覚を覚えた。自己評価が低いにも、ほどがある。

「いいから、そのバケモンみたいなおっぱい見せろって言ってんだ!!」

俺はそれが見たいと言っているんだ!!

「は、はいィ……!」

勢いにおされて、エーリカが妙に薄い生地のキャミソールをずり下げると……。

ドタプンッ!!!

と、爆乳がまろび出た。

実際にそんな音がしたわけではないのだが確かに俺の耳には聞こえた。

キャミソールの中のパッドに支えられていたエーリカの乳は、重力のはたらきでぺろんと垂れ下がり、とにかくその重量を俺に〝理解らせ〟る。

そして、その先端には……薄すぎも濃すぎもしない、薄橙色とも桃色とも言い難い、かつ、想像していたよりもデカい乳輪があり。

その中心に……想像していたよりも小さい、乳首がツンとついていた。

ビキビキ! とイチモツの血管が盛り上がるのが、自分でもわかる。

「わ……わァ……!」

明らかに凶暴になった俺の〝それ〟を見て、エーリカは驚愕の声を上げる。驚愕の声を上げたいのはこっちだ。なんだそのデカくて長くて可愛いおっぱいは……あまりにも解釈一致が過ぎるだろうが……ッ!

エーリカは目を白黒させながら言う。

「ば、バケモノちんちん……！」

「バケモノおっぱいがよぉ……」

「こ、興奮してるのぉ……？」

「してるに決まってんだろッ!!」

「な、なんで怒ってるのぉ……」

エーリカはまた、おそるおそる俺のチ●ポを手淫し始める。

「すまん、興奮しすぎてキレちまった……」

俺は頭にのぼった血を下げるように深呼吸をする。いまはチ●ポに血を回した方がいいので。

「わ、私みたいな身体で、ほんとに興奮できるの……？」

俺のイチモツをこすりながら、エーリカが言う。

……ここまで繰り返しこういうことを言うのは、もしかすると、彼女は本当に自分の身体にコンプレックスがあるということなのかもしれない。

そんなのは……とんでもないことだ！

「するに決まってんだろ。黒髪ロングのちょっとアンニュイな女の子が、ありえんサイズの胸をおっぽり出しながらチ●ポしごいてくれてんだぞ。童貞の夢にもほどがある！」

俺がそう言うのに、エーリカはちらちらと真意を探るように俺を見る。その頰は、うっすらと赤く染まっていた。

「え、えへへ……本気で言ってくれてるなら、ちょっと、嬉しい、かも……」

「本気も本気だ」

「えへ、えへ……」

照れながら、下手くそに笑って、エーリカは少し俺のチ●ポを擦る力を強くした。

彼女の手は最初ひんやりとしていたが、だんだんと俺のチ●ポの熱が移ったのか、温かくなっていく。女の子の手というのは、自分の手とは全然違って柔らかく、とにかく、気持ちがいい。

そして、彼女が一生懸命チ●ポをしごくたびに、その胸が目の前でふるふると揺れて、なんだか夢みたいな光景だった。こんなことが現実に起こって良いものか。

頭の中は興奮一色になっている。そして、さっきまでより強い力でイチモツを上下に擦られて、快感も明らかに強くなっている。

……だというのに。

「や、やっぱり……まだ、出なさそうだね……？」

「す、すまん……めちゃくちゃ気持ちいいんだけど……」

「も、もっと刺激強いほうが、い、いいのかな……」

エーリカは思案するように視線を左右に揺らす。それから、「あっ……」と声を上げた。

そして、唐突に、自分の胸をむんず、と両手で持ち上げる。その動作だけで妙な迫力があったが……。

彼女はそのまま……左右の手で片方ずつの乳を掴んで、その間に俺のイチモツを挟み込んだ。

喉がヒュッ！　と鳴る。

「こ、これ……どう？」

「あったかい………」

「ふふ……き、気持ちいい？」

「ここに住みたい」

エーリカの胸の谷間は、手の冷たさとは裏腹に温かかった。しっとりと汗をかいているのがわかるのも、めちゃくちゃエロい。人肌の温度――特に女の子の――というものが、ここまで自分を興奮させるものだとは思ってもみなかった。

「わ……すっごい元気……」

エーリカの胸に挟まれて、俺のイチモツはぴくぴくと震えている。そして、またも彼女が無意識に男を煽るようなセリフを言うので、おちんちん君はこれでもかというほどに怒張していた。

「う、動かした方が……いいよね……？」

エーリカはおっかなびっくりといった様子で俺のチ●ポをさらにぎゅ、と胸で挟み込む。感触としては優しい柔らかさがあるのに、確かな圧力を感じて、視覚的にも感覚的にも気持ちが良すぎる。

エーリカはそのまま胸を上下に動かそうとして……。

「ん……あ、あれ……」

困ったように眉を寄せた。汗で湿っているせいか、逆に摩擦が生じてしまって上手く擦れないのだ。

しかし何度か同じ動きにトライしたのちに、彼女は「ああ……！」と何かに気がついたように表情を明るくする。

それから、一瞬の迷いもなく彼女は「べ……」と舌を出す。そして、その舌を伝わせるように、でろ、と唾液を俺のチ●ポと彼女の胸の間に垂らした。

「エッッッ………」

あまりに絵面がエロすぎて絶句する。

そして、彼女はまるで実験をするように再び胸をもぞもぞと動かして、パッと目を輝かせた。

「こ、これで、動かせるねぇ……？」

そう言いながら、彼女は両手でぎゅうと胸を押さえつけながら、むにゅむにゅと上下に動かしだす。

「うわ……これ……ッ」

快感が声に漏れてしまう。

「き、気持ちいい……？」

「やばい……！」

「ふふ、や、やばいんだぁ……？」

ぬちゃぬちゃといやらしい音を鳴らしながら、エーリカの巨大かつ柔らかな胸が俺のチ●ポを〝食って〟いるようだった。

チ●ポと胸の間にはまるで隙間がないように感じられた。とにかく温かく、上方向に擦られる時はカリ首を刺激され、下方向に擦られる時は裏筋が刺激され……快感の逃げ場がない。

俺がびくびくと身体を震わせながら感じているのを見て、エーリカもどこか興奮したように息を荒らげ始める。

「は……は……き、きもちいい？」

「気持ちいい……！」

「で、出そう……？」

「出そう……！」

訊かれたことを答えることしかできない。

「び、びくびくしてる……膨らんで、きてるね……？」

「え、エーリカ……！　やばい……！」

「出る？　出そう？　いいよ？　出して？」

心なしか今までよりも楽しそうに、エーリカが言った。

射精感が高まる。下半身の奥から、竿の根元へ。それから、本体の幅が広がり……竿の先端が膨らむ。

やばい！　と思った時には、もう。

「わっ……わっ!?」

出る！　と言うのが間に合わず、思い切り射精してしまう。しかも、「あんまり出ないかもしれない……」と言っていたくせに、かなりの勢いで精液が飛び出していた。エーリカの顔に思い切りかかってしまう。

「わァ……ちょっ……あわわ……」

エーリカが慌てて傍に置いていたビーカーを掴み、射精を続ける俺のおちんちんの鈴口にくっつけた。

びゅ、びゅ、とビーカーの中に精液が入り、エーリカは安心したようにため息をついた。

「あ、あぶなかったね……採取しないと、い、意味ないから……」

「す、すまん……言うのが間に合わなくて……」

「ご、ごめんなさい……私も、ちょ、ちょっと夢中になっちゃって……」

「ちょっと顔にかけちゃったよな……拭かないと……」

「ぜ、全然ちょっとじゃないかもぉ……」

話している間に、彼女のでこのあたりにかかった精液が垂れ始めていた。彼女は慌てた様子で目を瞑る。

「ご、ごめんなさい……奥のカウンターのあたりに……ふ、布巾があって、そのもうちょっと奥に、井戸水を汲んだ桶が置いてある、から……」

エーリカは目を瞑ったまま、部屋の奥の方を指さした。

「布巾を濡らして、持ってきてもらっても、いい……？　か、顔も、イヤじゃなければ、拭い

てくれたら、う、嬉しい……」

俺は大慌てで、裸のまま言われた通りの場所に向かい、布巾をふん摑んだ。桶の中の水でそれを濡らし、急いでエーリカのもとへ戻る。

「顔……触るぞ……？」

「ん……よ、よろしく……」

目を瞑ったままこちらに顔を向けるエーリカ。キス待ち顔のようでちょっとドキドキしてしまう。しかも、そのあちこちに俺の精液がかかっているのだ。あまりに背徳的な光景だ。

俺は丁寧に、自分の精液を彼女の顔から拭き取る。

「ごめんな、汚いものかけちゃって」

「ううん？　汚いとは思ってない、よ？　でもねぇ……」

エーリカは俺に顔を拭かれながら言う。

「目に入っちゃうと、綺麗にと、取り除くのが難しいんだ。綺麗に取れないまま、長い間放置しちゃうと、目の、びょ、病気になったり、しちゃうから……」

「よ、良かった、目にかからなくて……」

「そ、そうだね……思ったより勢いよく、で、出てきてびっくりしちゃった、えへへ……」

エーリカは可笑しそうに笑って、自分の顔をぺたぺたと触る。

「だ、大丈夫そう。あ、ありがとね……？」

そう言ってから、エーリカはゆっくりと目を開いた。

そして、ずり下げていたキャミソールをぐい、と上げ、その中に胸をしまった。

「ああ……」

「……ん？」

「い、いや……眼福だったから……」

名残惜しさが思わず態度に出てしまう。

エーリカはきょとんとしたのちに、くすりと笑った。

「そ、そんなに好きだった？　私の、お、おっぱい……」

「ああ……夢みたいなおっぱいだった……」

「そ、そうなんだ……」

エーリカはきょどきょどと視線を動かしてから。

「ま、また、何か……機会が、あったら、ね？」

と言った。

「ね？」って何!?!?　また見せてくれるってこと!?

と訊きたいのをグッとこらえる。興奮しすぎて忘れそうになっていたが、これはあくまで、〝素材〟を手に入れるための共同作業であり、俺とエーリカは恋仲でもないし、今後俺が彼女のおっぱいを見せてもらったりイチモツを挟んでもらったりする理由があるとは思えない。

機会があったら、というのは言葉通りの意味であって、「機会がなけりゃなんもない」という意味にもなる。

それよりも、今は……お互いに、自分の仕事のための話をすべきだ。

急に思考が冷静になってきて悲しくなる。これが賢者モードというやつなのか。

「じゃ、じゃあ……鮮度のあるうちに、つ、作っちゃうね……？」

「あ、ああ！　頼む」

「調合自体は、そ、そんなに時間かからないから。そ、そのへんの椅子とか、使って、いいから……待ってて、ね……？」

エーリカはぺこぺこと頭を下げながら、俺の精液の入ったビーカーを持ってカウンターの奥へ引っ込んでいった。

……さて。

腰に手を当てて、今後のことを考え……ようとしたところで、俺は下半身が裸であることに気がついた。そして、おちんちんは彼女の唾液と自分の精液でぐちゃぐちゃになっていた。

「すまん！　俺も布巾借りていい!?」

情けない声で俺がカウンター奥に声をかけると。

「い、いいよぉ～」

とこれまたなんだか照れを感じる声が返ってきた。

ここ数日、俺は下半身を露出してばかりである。それも、女の子の前で！

一人で気ままにシコるのとはまったく気の置きどころが違い、俺は濡れた布巾でチ●ポを拭きながら、なんとも恥ずかしい気持ちになるのだった。

そして……さっきまで、このチ●ポは俺の大好きな〝デカすぎる乳〟に挟まれていたんだよなぁ、という余韻に浸る。思い出しただけでも、ちょっぴり勃起してしまうが、さすがに朝から出しすぎている。明らかに、もう芯には力がなかった。

そして、心地よいチ●ポの疲労を感じながら……改めて、俺はやはり、今までとはまるで違う任務に足を踏み入れたのだと実感した。

世界を救うという大きな使命を帯びながら、女の子に気持ちの良いことをされている。気持ちの置きどころが上手に定められる気がしない。

朝から続いているエロい出来事。今までの人生で一度も経験したことのないそれらの行為はただただ興奮するものであったし、その瞬間は気持ち良さに身を委ねてしまう。けれど、それから少し経つと、「俺は一体何をしているんだ……？」という気持ちが鎌首をもたげる。

このちぐはぐ感は一体何なのか……と、考えて。

すぐに、その結論は出る。

〝世界のために真剣になる〟ことと、〝エロいことをする〟という二つが、あまりに相性が悪いのだ。

エロいことをするのであれば、そもそも、エロい気持ちになる必要があって。

エロい気持ちになりながら、それと並行して、真剣に世界を救うことなど考えられるわけがないのだ。

俺は一体、どういうふうに心の整理をして、今後の任務に臨むべきなのだろうか。

股間の掃除をし、服を着直して……気づけば俺は、眉に皺を寄せながら考え込んでいた。

「はい、これ……。これが、た、多分……〝江呂神酒〟の完成品、だと思う」

「ありがとう。たしかに受け取った」

数十分が経過したのちに、カウンターから出て来たエーリカより、掌いっぱいほどの大きさの瓶を受け取る。

「こ、これ……多分、相当……お、美味しくないから……か、覚悟しておいて……」

エーリカは苦笑しながらそう言うが、そんなのはある程度覚悟できていたことだ。

「魔物の素材と俺の精液でできた飲み物が美味しいとは元から思ってないよ……」

俺が苦笑しながらそう返すのに、エーリカはくすくすと笑った。全体的におどおどしている印象の彼女だが……ときおり見せる笑顔はとても可愛らしかった。

「あの、エーリカ?」

「な、なぁにぃ……?」

「俺にこんなこと言われても、嬉しかないかもしれないが……」

魅力的な人には、自信を持ってほしい、と。おせっかいかもしれないが、思ってしまった。

「俺から見たら、エーリカはとても魅力的な女性だぞ。あんまり、自分のことを卑下しなくてもいいと思うんだ」

俺が素直な気持ちを口にすると……エーリカはぱちぱちと何度も瞬きしたのちに、困ったように笑った。

「え、えっと……な、なんだろ……あ、あ、ま、まず、ありがとう……」

エーリカはきょろきょろとせわしなく視線を泳がせながら言う。

「その……お、男の人って……み、みんなそんな感じなの……？」

「え？」

それ、スズカにも同じようなことを言われたな、と思う。

「わ、私……ほんとに、しゃ、社交性みたいなものがなくって……ず、ずっとここに引きこもって仕事をしてて、リュージュちゃんくらいとしか、関(かか)わりがないから……」

「そうなのか……」

「そ、それに……わ、私……身長とかも、お、おっきくて……胸とかも、すごい大きくて……ニンゲンとして、へ、ヘンな身体してるから」

「変じゃない」

俺ははっきりと言う。

「変じゃないよ。デカいのって最高だろ」

「さ、最高なの……？」

「エーリカだけの魅力だろ。俺、こんなに全部がでっかい女の子と初めて会った」

「こ、怖くない……？」

「怖くない。魅力しか感じない」

「……も、もしかして、わ、私、いま口説かれてる……？」

訊かれて、俺は慌てた。

「く、口説いてない口説いてない!!　初対面でそんな!!」

「んはは！」

声を上げて、エーリカが笑う。

「き、君って……なんか、不思議だね」

「え……そうか？」

「うん……き、君だけの、魅力かもね」

エーリカは再びくすくすと肩を揺らしながら笑って、俺の髪の毛をくしゃくしゃと撫でた。

「せ、世界……す、救ってね……？」

目を見ながらそう言われて……俺は少しだけ、胸が熱くなった。

「ああ。必ず」

俺は頷いて、江呂神酒の入った瓶を強く握った。

「いろいろと、世話になったな」

本当に、いろいろと……。

「う、ううん……わ、私なんかで役に立つなら……ま、また来て、ね……？」

そう答えるエーリカに、「毎日でも通いたい……！」と内心思いながらも、クールに頷いてみせた。

エーリカの工房を出て、王城に戻りながら……ふと思う。

すでにさんざんエロいことが起こって、ふわふわとした気持ちでいたが……。

そういえば、俺は、おそらく、スズカとセックスをすることになるのだ。今日の儀式がそういうものなのかはわからないが、近々、童貞は卒業することになるのであろう。

激動の一日で、そこを強く認識しないまま来てしまったが……長年守ってきた童貞を捨てるということに、妙な緊張を覚えた。

そして、感じているのは緊張だけじゃない。……戸惑いも、ある。

「世界のためだ」と説き伏せられて、あれよあれよと言う間に俺はサキュバス四十八手に関わることを決めてしまったけれど。その相手であるスズカという女の子のことを、俺は何も知らない。そんなふわふわとした状態で、彼女とエッチなことをしてしまってもよいのだろうか。

上手く気持ちが定まらないまま、俺は王城へ向けて歩いていた。自分はどうするべきか……どうなれば、互いに納得できるのか。そんなことを、足りない頭を使って、考える。


夜になり、俺とスズカはベッドの上で、正座をして向かい合っていた。

部屋には、スズカの持ち込んだ甘ったるいお香が焚かれており、なんだか非常にえっちな気持ちになる。

「じゃ、じゃあ……始めるわよ」

スズカは、緊張の面持ちで、そう言った。

いよいよ、〝第一手〟が始まる……という空気の中で、俺はおずおずと手を上げた。

「ちょっと待ってくれないか」

「なによ」

「その、始める前に……少し、お互いに自己紹介をしないか？」

「自己紹介……？」

スズカはあからさまに「面倒くさい」という表情を浮かべた。しかし、折れてはいけない。

「いや、さすがにさ……世界のためとはいえ、お互いのことなんにも知らない状態でそういう……エロいことするのは、どうなんだろうと思って」

「それは……でも……あたしたちには時間が……」

「数十分話す時間もないのか？」

重ねて訊くと、スズカは考え込むように視線を落としてから、ふるふるとかぶりを振った。

納得してくれたかはわからないが、認めてはくれたようで、安心した。

「じゃあ、まずは俺から」

俺は深呼吸をして、言う。

「俺はアベル。勇者パーティーで聖魔術師をしていた」

「知ってる」

「父は勇者で、母はそのパーティーの聖魔術師だった。けど……二人とも、もう死んだ」

俺の言葉に、スズカはハッと息を呑む。そして、気まずそうに目を伏せた。

「それは……気の毒に」

「もう昔の話だから。気を遣(つか)ってくれてありがとう」

「別に……そんなんじゃ……」

スズカはもごもごと口の中で言うが、明らかに俺を気遣ってくれているのがわかった。やっぱり、根は優しい子なのだと思った。

「俺も、親父(おやじ)みたいな勇者になるのが夢だった。けど……知っての通り、俺には魔力と性欲しかなくてなぁ。それを活(い)かせる聖魔術師として頑張るしかなかった」

「……それでも、勇者パーティーに入れるっていうのは、すごいことなんじゃないの？」

「ああ、すごいことだよ。内定したときは、信じられなかった。今でも……俺にその資格があったのかはわからないけど。実際、クビになったし」

俺が冗談のようにそう言うのを聞いて、スズカは表情を暗くする。

「それは……あたしのせいでしょ」

そう、スズカが言うのはもっともだ。彼女が現れなければ、俺が勇者パーティーをはずされることはなかったはずだ。

けれど……そんな考えは、この際、捨ててしまいたい。

「そんなことはないよ。君が来て、俺は新しい役割を得た。それも、世界を救うためのだ」

俺はそこで言葉を区切ってから、はっきりと言った。

「むしろ、感謝してる」

「感謝……?」

「ああ。俺の身体の特性が……こんなふうに役に立つなんて、思ってもみなかった」

「でも……あんたの、今までの努力を否定することにもなるんじゃないの……?」

「そんなのはどうだっていい。人はみんな、それなりに努力してるもんだ。俺だけじゃない」

そう言って、彼女の目を見つめる。

「だから……スズカが気に病むことはなにもない」

スズカは何か言いかけて、口をつぐむ。そして、ベッドの上に視線をうろつかせた。

……少し、安心した。悩んでいたのは俺だけではなかったのだ。彼女だって、この儀式について、そして、俺について、悩んでいた。すべての情を捨てて、この儀式に臨んでいるわけじゃない。それがわかっただけでも、収穫だ。

「次は、スズカのことを聞かせてくれ」

「……ええ、そうね」

俺が水を向けるのに、スズカはおもむろに頷いた。

「スズカよ。江呂島から来た。その島の〝巫女〟……つまり、大陸で言う〝姫〟のようなものだったわ」

「つまり、箱入り娘？」

「……ええ、そういうこと」

〝姫〟って感じはまったくしないな、と思ったが、口にはしない。怒りそうだから。

「そんな箱入り娘が、どうして島を出て、大陸まで来たんだ？」

「だから、それは、四十八手を実行するために、その適合者を探して……」

「それは知ってる。そうじゃなくて、どうしてそこまで四十八手を成し遂げたいのかってこと」

俺の質問に、スズカはうっ、と言葉を詰まらせた。

「それは……だって……世界の危機だから」

「世界を救うために、一人で島を出て、こんなところまで？」

「そうよ」

「どれくらいかけて来たんだ？」

「……いろいろな乗り物を乗り継いで、一カ月と、ちょっと」

「そっ……」

絶句してしまう。そんなに遠いのか？　江呂島は。

島に住み、しかも、箱入り娘というからには……きっと、長旅などしたこともなかっただろう。そんな彼女が、一人で、そんなに長い旅をしてきたのだ。並大抵の覚悟ではないと思った。

「江呂島、いいところか？」

俺が訊くのに、スズカは虚を突かれたように何度か瞬きをして……それから、笑った。

「……ええ。とっても」

その表情を見て……俺は、なんとなく、彼女が四十八手にこだわる理由の一端を理解したような気がした。

「ありがとう、話してくれて」

「……ええ、あんたも」

「もう一度言うけど、俺は、四十八手を完遂する覚悟を決めた。迷いはない」

真剣に、はっきりと伝える。スズカも同じように、頷いた。

「ええ。あたしも、そのつもり」

「世界のためにエロいことするってのも、未だにあんまピンと来てないんだが……」

「そんなの……あたしだって……」

「だよな」

俺は思わず笑った。スズカが「あたしだって」と言ってくれて、安心した。そりゃそうだ。そうに決まっている。

「じゃあ……お互いに困りながら、一生懸命やってみるか」

俺がそう言うのに、スズカは一瞬きょとんとしてから、くすりと笑った。

「あはは、そうね。それしかないわね」

初めて、笑ったところを見たと思った。笑った彼女は、とても可愛かった。

「じゃあ……改めて。始めるわよ」

スズカはそう言って姿勢を正し、スッと正座のまま両手を美しく揃え、頭を伏した。俺も慌てて、彼女に倣う。ついに、始まるのだ。

頭を上げたスズカは、緊張の表情を完全にひそめて、どこか凛とした雰囲気を醸し出す。伏せたまつげがとても長くて、俺はドキリとした。

スズカは淀みない手順で江呂神酒を二つの——やけに小さい——容器に注ぐ。

そして、片方を俺に渡し、もう片方を自分の側に寄せた。

互いにそれを片手に持って、目を合わせる。

「それでは……乾杯」

淑やかな声で、スズカが言った。

「か、乾杯……」

俺はスズカの醸し出す妖美な雰囲気に呑まれながら、スズカが容器を傾けて口に神酒を流し込むのに合わせて、自分もそうした。

「……ッ！」

まっっっずぅ～～～～！

江呂神酒は、ドロっとしていて、舌にまとわりつくようだった。粘度が高いせいで喉越しも悪く……味も、苦い上に生臭い。美味しいと思える要素が何一つない液体だった。

俺は思わず顔をしかめてしまうが、対面に座るスズカは無表情を貫いている。

そうだ……今は儀式中。俺も彼女に倣って、形式を重んじなければならない。努めて、無表情を繕う。

容器を一旦置き、スズカはそれらを丁寧に脇に置き直してから、両腕を使って、座ったまま俺にずい、と近寄る。スズカに近寄られた途端に、俺は全身に鳥肌が立つのを感じた。汗をじわりとかき、身体の奥底にあるぐらぐらと熱い情欲が湧き上がるのがわかった。やはり、スズカはどこか、特別な少女なのだと思い知る。

事前に着せられていた簡素な服――一枚の布でできており、帯のようなものを腹の前で結うものの全身を〝とりあえず〟覆うだけの服――の帯を、スズカはしゅるしゅるとほどき、俺を脱がす。

「……指を鳴らせば脱がせられるんじゃ？」

「互いに脱がせることに意味があるのよ」

俺の言葉に、スズカは淡々と返した。

この状況に緊張しているのは俺だけなのか……？　気を引き締めねばならない。雰囲気に呑まれて、さすがの俺のおちんちんも半勃ちに留まっていた。

あっという間に俺の羽織っていた簡素な服を脱がせて、スズカは顔を上げる。

「……脱がせて？」

まっすぐに言われて、俺は、身体の奥底がどくりと脈打つのを感じた。

スズカの服を留めている帯に手を伸ばす。なぜか、その手が震えてしまう。

たどたどしく紐をほどく途中、彼女がびくり、と身を硬くするのがわかった。

「……いいか？」

手を止めて、訊く。

「…………当然でしょ」

スズカは、震える声で答えた。

……緊張しているのは俺だけなのか？　などという疑問はもう消え失せた。そんなはずはない。彼女は努めてそれを隠そうとしていただけだ。

作法のわからない俺の指標になろうとしてくれていたのだ。その気持ちに……真剣に応えなくてはならない。

「……脱がせるぞ」

「早くして」

俺は丁寧に、スズカの服の帯をほどく。結び目を解き、服を肩口から身体に沿わせるようにして、彼女を脱がせた。

スズカが一糸まとわぬ姿になった瞬間……俺は絶句した。

胸は、好みのサイズよりもだいぶ小さい。けれど、それは俺が高望みしすぎなだけであって、スズカの胸は一般的にはかなり大きい部類であった。いや、そんなことはこの際どうでもよいことだ。

スズカの身体は……まるで芸術作品のようであった。

きわめてなめらかな素材で作ったような、触らなくともわかる柔らかな身体。

ただただ美しく、この世のものとは思えない。けれどもそれは目の前にあって、手を伸ばせば触れることができてしまう。そんな認識の〝ちぐはぐ〟さが、頭を混乱させる。

美しく、作品のようであるのに、リアリティを伴って、女性としてのエロスをこれでもかと発散しているのだ。

目の前にいるこの生き物は一体なんだ？

そうだ、〝サキュバス〟だ。

スズカの裸を見て初めて、俺は、今まで受けてきたどんな説明で得た知識よりも確かな〝実感〟を持って……彼女を〝サキュバス〟として認識した。

「痛……っ」

気づけば、緊張よりも興奮が勝っていた。誇張なく、勃起しすぎて、股間が痛い。

まるで〝取り憑かれた〟ように俺はスズカの裸に見惚れてしまっていた。

「ね、ねえ……！」

スズカがもどかしそうに声を上げた時、俺はハッとする。思考がどこかへ連れ去られていたかのような感覚。『現実に引き戻される』とはこのことか。

慌てて視線を上げてスズカの顔を見ると……先ほどまで淡々と儀式を進めていた彼女とは思えないほどに、顔が紅潮していた。

「な、何か言いなさいよ……！」

「えっ？　いや、その……えっと……」

言え、と言われても……。

どう言ったものか。美しくて、なのにエロくて、なんか作り物みたいで……。

いろいろな言葉が脳内を駆け巡ったが……実際に口から出たのは、シンプルな言葉だった。

「……綺麗だ」

俺がそう零すのを聞いて、スズカはこれ以上ないほどに赤面して、俺の肩をぐいと押した。

彼女の体重は俺にかかったままで、つまるところ、〝押し倒される〟形になる。

「ちょ、いきなり……んぐっ……!?」

気がつけば、目の前にスズカの顔があり……その唇が、ぐい、と俺の唇に押しつけられていた。

全身にどくどくと血液が循環するのを、感じられた。

キスをしている。人生初めてのキスだ。甘い匂いがして、スズカの唇は柔らかくて、おかしくなりそうだった。スズカが唇を離す感触すらも、モチ……とリアルに唇に伝わってくる。

「あ……え……?」

キスが終わって、俺は間抜けな声を上げてしまう。突然のキスに、脳みそがついていかない。

ああ、そうだ。この儀式は……江呂神酒を飲み交わして、それからキスをして……その後は、どうするんだっけ？

スズカの真っ赤な顔が目の前にある。瞳がちらちらと揺れて、それから、彼女はずりずりと俺の身体の上を這うように移動した。肌と肌がこすれる感触で、背中の裏あたりがぞわぞわとする。やはり、スズカの肌は柔らかすぎた。

肌の感触に狼狽している間に、スズカの身体はどんどんと俺の身体を這い上がっていき……最終的に、彼女は俺の顔を〝跨ぐ〟ようにしていた。目の前に、スズカの秘部が晒されている。

俺は思わず叫んだ。

「わァーッ!!　マ●コ!!」

右頰に衝撃が走った。視界はスズカの性器でいっぱいなのに、視界の外からパンチが飛んできたのである。

「痛ェ!!!」

「バカみたいな声だすからでしょうが!!!」

「しょうがないだろ初めて見たんだから!!!」

「いいから!!　早く……」

スズカが言葉の途中で言い淀んだように押し黙る。

「早く?」

「その……」

「どうすればいい?」

「…………キスして」

「わかった、する」

「あッ……!」

俺は迷うことなく、スズカの秘部に口づけをした。

初めて見た女性器は、この世で一番美しいもののように見えた。色素が薄く、けれど、一番大事な部分はピンク色を主張する。

美しすぎる亀裂に沿うように口づけを繰り返すと、スズカはなやましい声を上げながら、小さく身体を震わせる。自分の口づけに、彼女が反応するたびに、なんだか胸の奥が熱くなった。

優しく触れるようなキスを繰り返すと、だんだんと彼女の秘裂が湿り気を帯びてくる。それが、彼女の中から生じたものだとわかると、俺は一段と興奮した。

ぷくりと膨れ始める彼女の突起に、唇を触れさせる。

「んッ……!!」

くぐもった声でスズカが喘ぐ。俺は何度も何度もそこを責めて、徐々に、控えめなピンクの皮をむいてゆく。中から、少しだけ色の濃い部分が顔を出すと、俺はそれに舌を這わせた。

「あっ……ダメッ……」

「ぢゅう」

唇で軽く吸うようにすると、スズカの身体がびくんと跳ねる。

「やっ……あんッ……」

不思議な感覚だ。俺の身体はなんの刺激も受けていないというのに、身体の奥は確かに快感を得ているようだった。スズカが大きな反応をするたびに、高揚し、もっとそれを見たいと思う。彼女の喘ぎ声を、自分が出させているのだと思うと、嬉しくて、もっとしたくなる。

気がつけば、「マ●コがエロい」というような安直な感想は心の中から消えていた。どこを、どんなふうに刺激すれば彼女が〝感じる〟のか、そんなことばかりを考えている。

クリトリスばかりを責めるとスズカは苦しそうな声を上げるので、舌をずらしぬるぬるに濡れた秘裂を舐め上げる。そして、また時折、少しずつ赤くなっているクリトリスを吸う。

どんどんスズカの吐息に余裕がなくなっていくのがわかった。

「はっ……はっ……ああッ……」

俺の行為で、気持ち良くなってほしい。可愛い声を出してほしい。イッてほしい。

俺も、夢中で彼女の秘部を舐める。

端から見ればあまりに間抜けな光景だと思う。顔に跨がられて、一生懸命、股を舐めている男。情けない格好で、俺は股間をピンピンに勃てているのだ。

でも、そんなのは関係ない。

俺とスズカは今、完全に、二人だけの快感の中にいた。身体は別々だというのに、同じ感覚を共有するために、一生懸命になっている。

今まで散々やってきた自慰行為とはまるで違う。今、俺は明確に、スズカと共に、〝何かを得よう〟としていた。

「あっ……イッ……くっ、くる……ッ」

スズカが脚をがくがく震わせながら、切ない声を上げた。そろそろなのだろうか。

俺はスパートをかけるように彼女の弱い部分を責める。

嬉しかった。俺のような童貞でも、女の子のことを気持ちよくできるのか……！

「み、見ないで……ッ」

涙目で懇願するスズカ。彼女は両手で俺の目を塞ごうとしたが、俺はそれを摑み返す。

「なんで見ちゃダメなんだ？」

「だって……だって、は、恥ずかしいから……ッ」

「すでに恥ずかしいことしてる」

俺はまたスズカの陰核を責め始める。

「まっ……待って……ダメ……ッ」

「イくとこ見せて」

「いや……ッ、ほんとに……イッ……！」

スズカが両脚をぎゅう、と閉じた。太ももに俺の頭が挟まれる。

ぶるぶると脚を震わせながら、スズカは大きくのけぞった。

彼女の秘部からぴゅっ、と控えめに愛液とは何かが違う液体が噴き出す。それは思い切り俺の顔にかかったが……まったく、気にならなかった。

ただただ、自分の上で絶頂に浸るスズカを、うっとりと眺める。

そして……彼女の下腹部に、変化が起きた。

じわじわ、と薄桃色の紋様が光りながら現れる。あまりに神秘的な光景に、俺は目を見開く。

美しくどこか艶やかな模様が完成し、スズカの下腹部で光っている。その薄桃色の光を眺めていると、意識が身体からじわじわと離れてゆくような感覚があった。視界がちかちかと明滅する。そして、彼女の秘部に触れていた舌がびりびりと痛んだ。

それから…………脳内に、『コツン』と、何かの足音が響いたような気がした。

『ひとつめ』

どこかで聞いたことのある声がする。懐かしく、愛おしい、声だ。

身体の中のどこかで、カチリと鍵が開くような感覚があった。もちろん、体内に鍵などあるはずはないのだが、俺はなぜか、強くそう感じた。

ベッドがぎしり、と軋む音で、俺は我に返った。

あれ……俺、今何を考えていたんだっけ……？

慌てて視線をめぐらせると、ベッドの上にスズカがへたりこんでいる。

荒い息を整えながら、涙目でスズカが言う。

「これで……無事……第一手〝イワシミズ〟は完了ね……」

言いながら、スズカは自分の下腹部を撫で、光る紋様を見つめた。その仕草があまりにエロくて、俺は思わず身体を起こして、スズカににじり寄ってしまう。

「あの……終わり……ってことは……？」

俺がおそるおそる訊くと、スズカは当たり前のように言った。

「今日はこれ以上、何もしない」

　俺は思わず情けない声を上げてしまう。

「そ、そんなぁ……こんなにエロい気持ちにさせられて……!?」

「あんた、今日はもう散々射精したでしょ」

　言いながらスズカはパチン！　と指を鳴らす。俺は、あっという間に着衣していた。

「人でなし――ッ!!」

　俺が叫ぶと、スズカはスンと真顔（まがお）になって、俺を見つめた。

「あたしもあんたに言いたいことあるんだけど……?」

　そう言ってから、彼女は膝立（ひざだ）ちでのそのそとベッドの上を移動し、俺に近寄ってくる。

　なんだ……?　と、思っていると。

　彼女は躊躇（ちゅうちょ）なく俺の顔面をグーで殴った。

「拳（こぶし）ッ!?!?」

　言いたいことって言ったじゃん!!!

「少しは加減しなさいよバカ!!!」

　スズカはそう叫んで、ベッドからぴょーん！　と飛び降りた。

　早着替えのようなスピードで簡素な衣服を羽織って、彼女は涙目でこちらを振り向く。

「は……初めてだったのに…………あんなにいじめられて……」

「えっ!?」

俺が驚いている間に、スズカは駆け出し、部屋を飛び出していった。

遅れて俺が声をかけるものの、扉の外から裸足(はだし)で走り去るスズカの足音が聞こえた。

「あ……ちょ、待てよ！」

「ええ……？　サキュバスって……経験豊富なんじゃ……ええ……？」

俺は、すっかり、サキュバスは人間の精子を吸い取って生きる種族だと思い込んでいたから……彼女にこういう経験が一切ないとは思っていなかった。

つまり……互いに、初めて同士だった……ということなのだろうか。

そう考えると……なんだか悪いことをしてしまったような気にもなるし。同時に……。

少しだけ、「嬉しい」と思っている自分に気がついて……俺は、動揺した。

＊　＊　＊　＊　＊

「国王様。無事、一つ目の儀式が終わったようです」

監視を終えた私は、王の間(ま)で国王に報告を済ませる。

「そうか、そうか。で……福音(ふくいん)とやらは？」

国王の問いに、私は力なくかぶりを振ることしかできない。

「……今のところ、報告は何も」

　私がそう答えるのと同時に、王の間の扉が大きな音でノックされた。

「失礼いたします！　伝令を届けに参りました！」

「入りなさい」

　なんというタイミングか。しかし、おそらくこの件ではないだろう。そもそも私は四十八手の〝福音〟とやらに今のところなんら期待などしていないのだ。

　扉が開き、王の間に入って来た伝令係が片膝をつく。

「北方のギスカデ山脈の中腹にて、突如(とつじょ)地殻(ちかく)変動が起こりました」

「……！」

　伝令係の報告を聞いて、私は思わず国王の方へ視線を動かしてしまう。王はいつものように優しく微笑(ほほえ)んでいるのみだった。

「その、地殻変動というのは……！」

　私が急(せ)かすように問うと、伝令係は妙な間を空(あ)けたのちに、言う。

「突然地面が揺れ、岩盤が崩(くず)れ……とてもあったかい温泉が、湧いたそうです……」

「…………」

　私は改めて、国王の方を見る。王もまた、こちらを見ていた。

　そして同時に、ため息をつく。

「……報告、ご苦労様でした。下がりなさい」

「はっ！」

伝令係は深く頭を下げ、王の間を出てゆく。

しばらく私は無言のままでいた。そして……ようやく口から言葉が零れ落ちる。

「…………バカバカしい」

私が小さく呟くのを聞いて、国王は鷹揚に笑った。

「まあまあ、これが福音と決まったわけでもあるまい。それに……ギスカデ山脈といえば、ちょうど勇者パーティーが遠征に向かった場所ではなかったか？」

国王のそんな悠長な言葉に、私は苛立ちを隠せない。

「任務を終えてから温泉で疲れを癒やすことができますね。それが世界を救う福音ですか。温泉娯楽施設など、主要都市にはどこにでもあります！」

「どう、どう。優秀な秘書がそんな顔でキレるでないわ」

国王はどこか余裕たっぷりだった。その様子も、私をさらに苛つかせる。どうしてこうもこのお方は、いつものんびりと構えているのか。

「何が、何に、どう影響するかはわからん。『綺麗なちょうちょ効果』というヤツじゃ」

呑気に言う国王に、舌打ちしそうになる。私が王に尽くしてきた時間は長い。多少、自分の感情を出すことは許されているとはいえ、舌打ちまでするのはやはり不敬にもほどがある。

自分を落ち着かせるように、眼鏡を押し上げる。

「……しばらくは、経過観察に徹しますが、あまりにも成果が上がらないようであれば、アベルは勇者パーティーに戻すべきかと存じます」

「ふぉふぉ、我が子のように育てた聖魔術師がそんなに気がかりか」

「当然です!!」

私が声を荒らげるのに、国王は眉を寄せてふるふると首を横に振った。

「大丈夫。ワシも彼のことはずっと見てきた……。アベルは……何をやらせたとしても、やり遂げる男じゃ」

国王は目を細めて、しみじみと言った。

「一日七回もシコる男に、弱いヤツはおらん」

＊　＊　＊　＊　＊

「エリオット……大丈夫……？」

魔物の討伐を終え、下山途中の道で……パーティーの〝弓術師〟であるトゥルカが僕の右腕を見つめながら尋ねてくる。

「ああ……感覚はないけれど、失血は抑えられてる」

素直に現状の報告をする。トゥルカは「良かった……」とため息を漏らしたけれど、その表情は不安そうなままだった。

ギスカデ山脈の頂上に巣食った凶暴な鳥獣型魔物の討伐に向かった僕たちだったが……やはり、アベルがパーティーを抜け、連携面には大きな問題を抱えていた。〝アベルがいた頃のような強引な方法〟は取らないと決めたはずだったのに……魔物にトドメを刺す瞬間に、僕は無茶をしてしまった。

結果、魔物は討伐できたものの、僕の右腕は魔物の爪に含まれていた麻痺毒を受け、完全にその感覚を失っている。これではまともに剣を握ることもできない。

アベルの代わりにパーティーに加入した聖魔術師エリナは、とても優秀だった。

回復魔法だけではなく、防御魔法や、解呪魔法など、冒険に必要な一通りの魔術の心得があった。だが、アベルのような大量の魔力は有していなかった。強力な魔物との戦闘において、彼女は体勢を崩した仲間を防御魔法で守ってくれたり、多くの場面で力を尽くしてくれたのだが、戦闘が終わった後に、僕の右腕を治す魔力は残っていなかったのだ。

パーティーの主力である僕が剣を握れないのは、非常に危険な状態だ。

ギスカデ山脈は、そう甘い土地ではない。僕たちは〝とりわけ凶暴な〟魔物の討伐を終えただけであり、山道にも、多くの魔物が潜んでいる。一人が完全に〝戦力外〟になっている状態で、パーティーが無事に帰還できるかどうかは、誰にもわからない。

しばらく、僕たちはそれぞれが周囲を警戒し……かなりの緊張状態の中にあった。

しかし……山道を歩く途中で、ヒルダ――パーティーの頼りになる〝黒魔導士〟の女性。自然に詳しく、鼻がよく利く——が、スンスンと鼻を鳴らした。

「……温泉？」

「えっ？」

ヒルダがそう呟くのに、トゥルカが驚いた声を上げた。

「こんなところに？」

「ええ。特有の匂いがする」

ヒルダが匂いの方向へ歩き出すのに、皆が続く。

「もし……もし魔物がいなさそうだったら、一旦休憩したほうがいいよね？ そろそろ、みんなの緊張も限界だし」

トゥルカの真剣な提案に、僕も迷うことなく頷く。

「そうだね。僕が先陣切って戦えない分、皆には一度休んでほしい」

休める時に少しでも休むのが冒険者の鉄則だ。

本当に温泉があるのなら、とてもありがたい。

ヒルダを先頭に数分歩くと……本当に温泉が湧いていた。

「何度かギスカデ山脈には来たけれど……こんなところに温泉なんてあったかな……？」

僕が首を傾げている間に、ヒルダはすたすたと前へ進み、泉質をたしかめるように湯に触れ、ぺろりとそれを舐めた。

「……うん、これなら浸かっても大丈夫なはずだわ」

ヒルダが大きく頷くのを見て、皆の表情が少し明るくなった。

「ちょっと待って。皆、静かにして」

トゥルカが片手を上げ、それから、目を瞑った。

彼女の耳がぴくぴくと動く。弓術師のスキルを使っているのだ。

「……うん。近くに、魔物の敵意は感じない。数十分なら、休んでも平気だと思う」

「……良かった」

ようやく、力を抜ける。

さすがに、気の置けないパーティーメンバーとはいえ男と女で混浴するのは厳しい……と、思っていたが、温泉の中心には、おあつらえ向きに巨大な岩があった。男女でその岩を挟むように陣取(じんど)れば、姿を見せ合わずに済む。

「はぁ～～～～～、極楽(ごくらく)……！」

岩の向こうから、トゥルカの気の抜けた声がする。彼女は温泉に浸かるのが大好きなのだ。

隣で、筋肉質なジル――パーティーの盾(たて)戦士――も気持ちよさそうにため息を吐いていた。

僕も、身体の力を抜くように、湯に浸かる。

ちょうどいい温度だ。熱すぎず、ぬるすぎず……心も身体も弛緩(しかん)して……。

と、気持ち良さに身を任せそうになったところで……右腕の変化に気がついた。

「……あれ…………？」

先ほどまで麻痺していた右腕にも、温かさを感じるのだ。ためしに力を入れてみると、右腕が持ち上がる。

「……ッ！」

ぐー、ぱー、と指を閉じたり開いたりする。……動く。

傷の辺りも、なんだか変だった。僕は慌てて腕に巻いていた包帯をほどく。

包帯を取り払った後の僕の腕を見て、ジルも目を丸くした。

「……傷が、ない……？」

僕が呟くのと同時に、岩の向こうでも、感嘆の声が上がっていた。

「この温泉、治癒の効果があるのかも!!」

トゥルカが大声を出している。

僕とジルは顔を見合わせて……安心したように、深くため息を吐いた。

どうなることかと思ったが、神は僕たち勇者パーティーを見放してはいないようだった。

気が抜けてしまい、僕は肩まで温泉に浸かる。

大丈夫……まだ、やれる。

そう実感しながら……僕は、彼のことを考えた。

アベル。

君は今どこで……何を、しているのだろうか。

のちのち、僕はこの温泉が地殻変動で突然湧いたものであり、治癒のみならず、解毒、解呪の効果のあるものだと知る。そして、ギスカデ山脈という厳しい土地の、冒険者たちの貴重な休憩地点として、重宝されるようになるのだった……。

6章 倦怠感と下乳とデカ乳

Succubus 48 technique

〝第一手〟を終えた翌日、俺は生まれてこのかた感じたことのない倦怠感に襲われていた。

俺は性に目覚めてからというもの、一日七回の自慰行為をしなければムラムラがおさまらないほどの絶倫であった。しかし、その性欲を身近な女性に向けて、傷つけてしまうことに対してはひと一倍敏感であった。

だから、今まで女性との関わり方にはとりわけ気をつけてきたし、勇者パーティーも美人ばかりでドキドキしたが、そういう感情を表に出さないよう注意してきた。勃起がバレないようにコッドピースもつけたし。

そんな俺が……昨日は、とにかくはちゃめちゃに、女の子とエロいことをしてしまった。一日にして二人の美女にヌかれたことで、自慰行為とは違う充足感と共に、疲労感を感じていた。自由に、自然に、悠々自適にヌくのとはわけが違うのである。

朝起きたらとりあえず一発ヌくのが俺の習慣だったというのに、シコる気にならないどころか、そもそも身体をベッドから起こすこともできなかった。

本当に……指一本も……。

あれっ？

ほんとに、誇張とかじゃなく、指一本も動かないんだが？

身体を動かそうとしても、ぴくりともしない。

か、金縛り（かなしば）か何か？　もしかして俺まだ寝てるのか？

だらだらと冷や汗（あせ）をかきながら、とにかく身体が動かず焦（あせ）っていると……俺の視界の中にひょこっ、と美少女の顔が現れた。

「こんなことだろうと思った」

スズカが、呆（あき）れた顔で俺を見下ろしていた。

身体が少しも動かないのは本当に恐ろしく、知っている顔を見た途端（とたん）に俺は半泣きになってしまった。

「昨日射精しすぎちゃってェ……全然動けなくてェ……」

鼻声で俺が訴えると、スズカはため息をつく。

「リュージュから聞いたわ。あなた、魔力が枯渇（こかつ）したこと、ないんだってね？」

「えっ？」

「身体が動かないのは、魔力が枯渇してるからよ。……よくよく考えたら、むしろ昨日の夜まで動けてたのがおかしいくらい」

スズカはそう言いながら、ベッドの端に座り、俺の手を握った。彼女の手はしっとりとしていて、温かい。

「ちょっとだけ……返してあげる」

「……返す？」

「四十八手の起動……つまり、契約ね。それと、淫紋の起動……その両方とも、あなたの魔力を吸い出して行っていたのよ。気がつかなかったの？」

「ああ……なるほど……そういうことだったのか」

俺は、巻物に射精したときの、あの〝吸い取られる〟感覚と、スズカをイかせたときの舌先が痺れる感覚を思い出して、納得した。

「で……俺の魔力がなくなった、と……」

「そう、まったく身体が動かないくらいにね」

「それは、困るな」

話している間に、スズカに握られた手から、何かあたたかなものが体内に流れ込んでくるのを感じた。

「最低限の生活ができるくらいには、返してあげる」

「俺に戻して大丈夫なのか？　ほら、起動のための魔力だったんだろ？」

「大丈夫。私は私で、別で〝補給〟したから」

「補給？」

俺が訊くと……スズカは口をムッ、と結んで、赤面した。

「……ええ。あんたの、〝解凍精子〟で」

「か、解凍精子……？」

俺はどぎまぎしてしまう。俺の、解凍精子ってなに？　俺の精子、凍らされてたの？

「ええ。あんた、冒険者一挙ステータスチェックでバカみたいに射精して提出したんでしょ？」

「バカみたいにって……普通に一回射精しただけだが？」

「あれのどこが普通なのよ。〝ほわいとべあー〟くらいあったわよ」

〝ほわいとべあー〟とは、可愛くデフォルメされたホワイトベアー――凶暴な魔物だが、見た目だけはやけに可愛いのでマスコット化されがちな生物――がマスコットをつとめる大盛り氷菓子のことだ。練った砂糖が中に入っていて、おいしい。

「とにかく、あんたが提出した精子、リュージュが気を利かせて凍らせといてくれたのよ」

「気を利かせて精子を凍らせておいてくれたんだ？」

意味のわからない文字列に困惑する。

「私が効率よく栄養を摂取できるのは精子だし……今のところ、この世で一番良質な精子は、あんたのだから」

ほんのりと頰を赤くしながら、スズカがそう言う。褒められている気がする。

しかし、俺の胸の中には、一つの疑問が浮かんだ。

「……この城に来るまでは、どうしてたんだ？」

精子から栄養を得るということは……やっぱり、ここにたどり着くまでは、他の男の精子を吸っていたということになるのだろうか。その姿を想像すると……少し、複雑な気持ちになった。

　しかし、スズカはあっけらかんと答えた。

「普通に、食べ物を食べてたわよ。パンとか」

「ええ……!?　サキュバスって食べ物食べるの!?」

「……いいえ、サキュバスは、精子でしか栄養を摂れない。普通は」

「んん……？」

「私は〝特別〟なサキュバスなの」

　スズカが複雑な表情でそう言うのに、俺は曖昧に頷く。

「それは……〝巫女〟の血筋だから、ってことか？」

「ええ。サキュバスの中で唯一、巫女の血筋だけは……〝処女性〟を重んじられる」

　スズカは淡々と語った。

「つまり、私の貞操は……〝皇子〟にのみ、捧げられる。そのために、育てられてきた」

「………そうなのか」

「だから、巫女だけは、他のサキュバスと作りが違う。どういう仕組みなのか知らないけれど、四十八手を開始するまでは、普通の食べ物を消化して栄養を得られるし、儀式を開始してからはどれだけ精液を注ぎ込まれたとしても、妊娠はしない。そういう身体なの」

　彼女は〝それが当たり前のことである〟というように語るが……それは、随分と……寂しいことなのではないか？

一族の中で、巫女の血族の者……詳しくは知らないが、場合によっては、彼女だけが、他の者たちとは違う身体を持っている。そして……その身体を誰に捧げるか、自由に選ぶこともできないというのだ。

そして、最大の疑問は……。

「もし……四十八手を行わずに、普通の……ごく普通の男に身体を捧げたとしたら、その場合は、どうなるんだ？」

俺が訊くと、スズカはゆっくりと俺の方を向いて、答える。

「知らない」

そう言ってから、彼女はどこか遠くを見るような目で、零した。

「……そんなことは、許されないから」

彼女のその言葉に、やはり俺はどこか〝寂しさ〟を感じ取ってしまって……切なかった。

「で、でも！　お前は四十八手が行われてたことも知らなかったんだろ!?」

「私が知らなかっただけ。伝統を重んじて、巫女は粛々と、同じように育てられる。育てられている側は……そんなことを知りもしないけど、ね」

「そんなの……」

俺が絶句してしまうのを見て、スズカはくすりと笑った。

「なんて顔してんのよ。あんたには関係ないでしょ」

「でも……！」

気づけば、俺は上半身を起こしていた。スズカは驚いたように俺を見つめて……それから、苦笑した。

「もう身体、動かせるみたいね」

スズカはそう言って、俺からパッと手を離す。しかし、俺はその手を掴んだ。

彼女はびくりと身体を震わせた。

「なあ……」

「な、なによ」

「俺で、良かったのか？」

俺が訊くのに、スズカは目を見開いて、言葉を詰まらせる。答えに本気で迷っているようだった。

「だ、から……！」

スズカは言葉をひねり出すように、言った。

「良いとか悪いとか、そういうことじゃ――」

「そういうことだろうが！」

俺が声を荒らげると、スズカはひるんだように身体を強張らせる。

怒っているわけじゃない。けれど……胸の中で、大きな感情がうねっていた。

「世界を救うのは、そりゃ、大事だよ。俺だって、救えるもんなら救いたい。お前が世界を救いたいのも、わかるよ。でも……」

彼女は、とても大切なものを、〝世界〟のために売り渡してしまったのではないか？　そんなことを考えると、苦しかった。

「それで、スズカ自身は、幸せになれるのかよ」

俺の問いに、スズカの瞳が泳いだ。そして、俺の手を強引に振り払う。

「そんなの！　どうでもいいでしょ!!　あんたには関係ない！」

すたすたと歩いて行こうとするスズカを追いかけようと、膝を立てる。しかし、ぐらりとバランスを崩した。

「ぐえっ」

俺はごろんとベッドの上で右方向に転がってしまい、そのままベッドの横に転落した。

スズカが驚いたように振り向き、一瞬こちらへ足を向けたが……ぐっ、と拳を握りしめて、ぷいとそっぽを向いた。

「まだ本調子じゃないでしょ。今日は休んでなさいよ」

「待ってくれ、話はまだ……」

「今日は、休みなさい」

スズカがきっぱりと言う。俺の話に取り合うつもりはないようだった。

「今後も、一手終えたら数日は休むものだと思ってなさい。そうしないと……最後までやりきるのは難しい」

スズカはそう言って、扉の前で、俺の方を振り向いた。

「本当に、無駄にできる時間はないの」

その瞳は、本気だった。

彼女は扉を開き、部屋から出て行く。

ゆっくりと、動きづらい身体をひねって、起き上がる。だるさは残っているが、動けるようになっただけ、マシだ。

そのまま、もう一度ベッドに横になった。

……スズカは、どうしても、この四十八手を成し遂げたいようだ。世界のため、と彼女は何度も言うが……本当にそれだけなのだろうか。

彼女は、覚悟を決めたと言いながら……まだ、逡巡の中にいるような気がするのだ。

このまま儀式を進めれば、きっと……昨日したようなことよりも、もっと深いことをするはずだ。性器と性器を繋げてこすり合わせることは……俺にとってはとても神聖で、特別な行為だ。けれど、彼女にとっては違うのだろうか。

……いや、そうは思えないからこそ、もやもやするのだ。

「でも……でもなぁ……」

スズカが四十八手に対して本気なことだけはわかる。四十八手を完走することが彼女の強烈な願望なのであれば、それを成し遂げるための方法として〝セックス〟をするのも、彼女にとっては致し方ないことなのかもしれない。

俺だって、勇者パーティーを脱退させられ、この任務に全力で取り組むようにと厳命を受けた。であるならば、深いことは考えず、やるべきことをやるのが筋なのだが……。

「でもなぁ！！」

ベッドで大の字になりながら、一人で、大声を出す。

世界の危機、とか。

サキュバス、とか。

儀式、とか。

そういうものをすべて取り払ってしまえば……俺にとっては、スズカは、一人の可愛らしい女の子だった。

彼女が未だ処女であるということを聞かされてしまった今では……その〝たった一度の経験〟を、儀式だ、世界だ、と言って俺が奪ってしまっていいのか、わからない。

悩んでも答えが出ないことはわかっている。

けれど……だからといって、悩まなくていいとも……思えない。

「……んぐあ～～～～～！！！！」

ベッドの上で、じたばたと身体を動かす。さっきよりも、軽快に手足が動いた。少しずつ回復しているのを感じる。

ぱたっ、と四肢をベッドの上に投げ出して、呟く。

「……一人でシコってた時のほうが、楽だったたな…………」

なんて贅沢なことを言うのだ、と自分でも驚く。

けれど……その言葉は、まぎれもなく、俺の本心だった。

＊　＊　＊　＊　＊

スズカに言われた通り、午前中はとにかくベッドに寝転がり、浅く寝ては起きてを繰り返していた。

普段なら休日は一日中シコっちゃ寝シコっちゃ寝するものだったが、今日ばかりは俺の暴れん坊ちんちんも休みを求めているようだった。くたりと力なく左向きに横たわっている。

と、なると……やることがない。

午後になり、身体を起こすと、すっかり普段通りに動かすことができた。

「そういや……腹減ったな……」

結局、昨日は朝から何も食べないままエーリカのもとへ行き、時間がない中、冒険用バッグの中に残っていた日持ちする携行食糧――ぼそぼそして、美味しくない――をかじって、スズカとの儀式に臨み……そのまま眠ったのだった。

「メシ……食いに行くか」

俺は硬貨の入った巾着だけをポケットに突っ込み、王城を出た。

腹は減っているものの、特に「あれが食べたい！」という欲求も不思議と湧いてこない。身体は動くようになったとはいえ、根本的な気力がないのかもしれない。

　こういう時は、軽く食べられるものに限る。

「……ケバビだな」

　俺は城下町に下り、好物であるケバビの売っている屋台を目指した。ケバビは、粗く、細かく切った肉を甘辛いタレにまぶして食べる大衆肉料理だ。屋台では薄い穀物生地に、山盛りの野菜とともに挟まれて提供される。これが、気軽に食べられるうえ、美味いのだ。

　屋台の位置は気まぐれに変化するので、俺はいくつか心当たりのある位置を巡ってみる。

　……その途中で、見知った人物の姿が、目に入る。

　まずい、今は会いたくない……！

　物陰に姿を隠そうとした瞬間、正面から歩いてきたその人物とパチリと目が合ってしまう。

「……！　アベル!?」

　……遅かった。

　俺はちらりと自分の股間を確認した。完全に、油断していた。ちょっとメシを食って帰る……くらいの感覚だったので、今日はコッドピースをつけてきていないのだ。

　俺を見つけ、たゆんたゆんと乳を揺らしながらこちらに走ってきたのは……勇者パーティーメンバーのトゥルカであった。

　彼女は勇者パーティーの優秀な弓術師だ。弓の腕では右に出るものはいないとされる名射手であり、索敵での寄与も大きい。とにかく、彼女がいなくては勇者パーティーは立ち行かない。そんな優秀な冒険者でありながら、彼女は誰に対しても分け隔てなく優しく、いつも朗らかで……多くの冒険者から好かれている。ひっそりとファンクラブが設立されていることも、俺は知っている。

そして……彼女の服は、冒険用の服も、普段着も、なぜか……下乳が出ている。どういう意図があるのかさっぱりわからないが、とにかく、下乳が出ているのだ。

「アベル！！　元気にしてるの？　急にパーティーを脱退になったって聞いて……エリオットに訊いても〝国王からの命令だ〟としか教えてくれないし！　今どうしてるの？　ちゃんとご飯食べてる？」

「ああ、元気だよ、大丈夫。トゥルカこそ、目にクマができてるぞ。大丈夫なのか？」

「大丈夫じゃないよッ!!」

トゥルカが大きな声を出した。ぷるん、と胸が揺れる。慌てて自分の股間に視線を落としたが……大丈夫だ、今日はマジで元気がない。こんなことがあるのか。助かった。

「アベルが抜けて、パーティーの連携の見直しが大変すぎて……！　あ、ごめん、アベルを責めてるわけじゃないんだけどね……？」

「いや、すまん……俺も、命令には逆らえなくてな」

「そうだよね……ごめん。今……何してるの？」

問われて、俺は言葉に詰まる。極秘任務について言えるわけもなく……そもそも、言ったと

しても、信じてもらえるような話ではない。

「悪い……言えないんだ」

「やっぱり、極秘任務なんだ……？　エリオットの口が堅すぎるから、そうなのかなって、思ってたけど」

「ああ」

「危ないこと、してないよね？」

「今のところは」

「いけないことも、してないよね？」

「…………して、ない」

一瞬目が泳いでしまう。

「……してないよね？？？」

「してない、してない!!」

俺は慌てて答えた。

世界のためなのである。決して、いけないことではない！

悩みは……尽きないが。

「そっか……言えないなら、しょうがない。でも……これだけは言っとくね？」

トゥルカが、真剣な表情で俺を見つめた。

「パーティーを抜けても……アベルは、私にとって、とっても、とっても……大切な人だからね？」

「……ありがとう。俺も、同じ気持ちだ」

そう言いながら……俺は胸が締めつけられる思いだった。

こんな風に心配してくれている仲間に、俺は何も伝えることができない。どうしようもないこととはいえ、歯がゆい気持ちにはなる。

「今日はお休みなの？」

「ああ。ちょっと……ケバビでも食べようかと思って」

「わ、私もお腹空いてるんだけど！　一緒に……行ってもいい？」

上目遣い気味に、トゥルカが訊いてくる。……かわいい。

「ああ、もちろん」

「やった！」

断れるはずもなく、俺はこくこくと頷いた。

ケバビ屋を探しながら……俺は、トゥルカから勇者パーティーの現状を聞いた。

俺の代わりに配属された聖魔術師エリナは、俺よりも多くの種類の魔法を行使できるオールラウンダーだが、やはり魔法の使用回数はかなり限られるのだという。思った以上に、抜本的な戦略の見直しが必要になり、彼らはその調整に苦労しているそうだ。

自主的にパーティーを脱退したわけではないとはいえ……やはり、申し訳ない気持ちになってしまう。俺が残っていられれば……なんてことを考えて、すぐにそれを打ち消す。

今、俺が考えるべきはスズカのことだ。自分の〝今〟いる場所を、見誤ってはいけない。

俺がいなくても、エリオットたちは、一流の冒険者だ。時間はかかるかもしれないが……また、一つのパーティーとしての在り方を確立していくことができるはずだ。

そして、連携面が安定してくれれば……回復しかできない俺よりも、エリナの方が多くの部分で活躍できるに違いない。俺は、エリオットが〝強引に〟魔物の討伐を成し遂げる手伝いはできても……彼が傷つくことを未然に防ぐことは、できなかったのだから。

「そんな暗い顔しないでよ」

トゥルカが俺の顔を覗き込みながら、優しく笑った。

「アベルはアベルで、きっと、今、すごく頑張ってるんでしょ？」

「……どうだろうな。自分ではわからない」

素直な気持ちを答える。

俺は今、頑張っているのだろうか。

「絶対、頑張ってるよ」

トゥルカが、妙にはっきりと言うのを聞いて、俺は驚く。

「アベルが頑張ってないとこ、見たことないもん」

トゥルカはそう言い切って、ニッと笑った。

「そんなアベルが、私は好き！」

「……トゥルカ」

なんて優しい女の子なのだろう。俺のような年中勃起野郎――彼女にバレていないことを祈るが――にもこんな言葉をかけてくれる。ファンクラブができるのにも納得だ。

「あ！　あったよ！」

トゥルカが明るい声を上げる。彼女が指さす先に、ケバビ屋の屋台があった。

「おお……」

屋台が見えた途端に、ぐう、と腹が鳴った。

俺はトゥルカと一緒にケバビサンドを買い、近くのベンチに座って食べた。トゥルカは常にニコニコしていて、そんな彼女を見て俺も癒やされるような気持ちになる。

ケバビを食べ終わり、トゥルカが目をキラキラさせながら言う。

「おすすめの甘味があるんだけど、それも一緒に食べちゃう？」

「ん～……食べちゃう！」

トゥルカに手を引かれて、彼女イチオシの甘味屋へと向かった。

休日に外に出ると、こんなに充実感があるのか……と俺は新鮮な気持ちになった。そして、視界の中でどれだけトゥルカの下乳がブルンブルンしていても、俺の股間は落ち着いていた。こんなに心安らかにトゥルカと並んでいられたのは、出会って初めてのことのような気がした。いつも、勃起がバレないかとヒヤヒヤしていたからだ。

オシャレな甘味屋のテラス席で、トゥルカと一緒にたっぷりクリームの載った氷菓子を食べた。びっくりするほど甘かったが……疲れた身体には、それくらいがちょうど良かった。

彼女と他愛のない話をしながら過ごしているうちに……あっという間に日暮れの時刻にさしかかっていた。

とにかくトゥルカの歩く方向に合わせて俺も歩いていたのだが……。

建物の間から差し込む西日を意識し始めた頃、気づけば俺と彼女はやけに人気のない通りを歩いていた。

「ね」

トゥルカが俺を横目に見た。

「ん？」

「どうする……？」

トゥルカに問われて、俺は小首を傾げる。

「どうする、って何が？」

訊き返すと、トゥルカは妙にもじもじと身体を揺すってから、小さな声で言った。

「私、まだ……帰りたくない」

その声はやけに色っぽくて、ドキリとしてしまう。

帰りたくない、って言われてもなぁ……。

「じゃ、じゃあもう一軒、甘味屋でも行っちゃうかぁ……？」

俺がおろおろとしながらそう訊くのに、彼女はふるふると首を横に振った。

そして、意味ありげに、俺の後方に視線をやった。

なんだ？　と思い、振り返ると……。

『休憩宿(きゅうけい)』とドデカく書かれた看板(かんばん)のついた建物が、真後ろにあった。

休憩宿、というのは、つまるところ、性交が主目的の宿だ。数時間だけの利用が可能で、その分宿賃(やどちん)も安い。入ったことはないが、あそこには夢が詰まっている。

「…………えっ？」

冷や汗をかきながら、トゥルカの方へ向き直る。

彼女は、上目遣いで俺を見ていた。そして、おずおずと俺の方へ寄って、手を握ってくる。

「ね。入っちゃう……？」

「甘味屋にぃ……？」

「んーん。お宿に」

軽口を一蹴(いっしゅう)されて、俺は怯(おび)えた。え、本気で言ってるのか……？

「ねえ」

消え入るような声で、トゥルカが言う。

「アベルとなら……いいよ？」

「……ッ」

どれだけ元気がない、と言っても、さすがにおちんちんがぴくりとするのがわかった。

トゥルカはとても可愛いし、おっぱいがデカい。任務中、いつもその乳がぶるんぶるん揺れるのを見て苦しい気持ちになったし、彼女でシコった回数は計り知れない。

そんな彼女が、今、自分を誘っているっぽいのである。

彼女のような〝聖女〟が俺のような男を好きになるなんて万に一つもあり得ないことだが
……彼女も、女の子だ。たまには、エッチな気持ちになることだって、あるのかもしれない。

そして、きっと……かなり、勇気を出して誘ってくれているというのも、わかる。彼女の頬は、今まで見たことがないほどに真っ赤に染まっていた。

こんな機会は、多分、二度とない。

けれど……。

脳裏に、スズカの顔が、思い浮かぶ。そして、サキュバス四十八手のことも。

俺はもう儀式を始めてしまった。巡礼の途中で、他の女性とセックスをしてはいけないのだ。ルールの通りであれば、それをした瞬間に、儀式は失敗となり、俺とスズカは死ぬ。

自分の行いで自分だけが死ぬのであれば、巨乳美女と寝て死ねるんならまあいいか！　と思えるかもしれないが……スズカを巻き込むことはあってはならない。

俺は奥歯をぐっ……と嚙みしめた。

「ごめん」

俺がそう言うと、トゥルカは愕然とした表情を浮かべた。

「わ、私とじゃ……イヤ？」

「いや、違う！　そんなことは決してないんだ。トゥルカは本当に魅力的で、明るくて優しくて、すごく素敵だ」

「だったら……！」

「でも！」

トゥルカの言葉を俺は遮る。

「だからこそ……俺なんかと、こんなことしちゃダメだ」

俺の言葉に、トゥルカの瞳が大きく揺れた。

「ほら、俺……もう勇者パーティーの一員でもないし、さ。あんなとこに、実質無職みたいな俺と一緒に入るとこ見られたら、トゥルカも良くない噂を立てられるかもしれないだろ？」

嘘だ。本当はそんな理由ではない。けれど……スズカや、四十八手のことは話せない。トゥルカに嘘をつくのは心苦しいけれど、この場を誤魔化したいという気持ちが先行して、するすると言葉が出た。

「トゥルカには、もっとふさわしい人がいるから！　だから………」

言葉の途中で、俺は息を呑んだ。

トゥルカが、目の端に涙を溜めながら、震えている。

「……なにそれ」

トゥルカは押し殺したような声を漏らす。

「なにそれッ!!」

それから、大きな声で悲鳴のように叫んだ。

「なんにもわかってない！　なんでそんなこと言うの!?」

「え、いや……えっ？」

「もう知らない……帰る!!」

トゥルカは俺の胸をドン！　と拳で押して、背中を向け、駆けだした。

そして、途中で振り返った。

「バカ！！！！」

大音量で叫び、彼女は走り去っていった。

「…………」

俺はぽりぽりと頭を掻いてから、その場に突っ立ったまま項垂れる。

やっぱり……断ったら、傷つくよなぁ。勇気を出して、誘ってくれたのに。

申し訳ない気持ちになりつつも……仕方のないことでもあると思った。

儀式のことは……誰にも、話せない。

トゥルカを傷つけてしまったことは本当に心苦しいが……今は、こうするしかなかった。

「せっかく、楽しく過ごせたのにな？」

俺はひとり、自分の股間に語りかけた。おちんちん君も、項垂れている。

溜息一つ、とぼとぼと王城に向けて歩き出す。西日が目に突き刺さるようで、煩わしかった。

＊　＊　＊　＊　＊

「トゥルカに会っていたようですね？」

王城に戻り、あてがわれた自室に入ると、リュージュが当たり前のような顔をして俺のベッドに腰かけていた。

「なんでいるんですか」

「トゥルカに会っていたようですね？」

「なんでいるんですか」

「トゥルカに会っていたようですね？」

「駄目だ、勝てねぇ」

答えるまで無限質問を食らうシステムだった。

「会いましたけど、なんで知ってるんですか」

質問を変えると、彼女はいつものように眼鏡(めがね)を押し上げる。

「あなたは国の最重要任務を担(にな)っているのですよ。当然、監視をつけます」

「見張ってたってことですか」

「ええ。密偵(みってい)から随時(ずいじ)、報告は受けていましたよ。トゥルカとケバビを食べ、お手々をつなぎながら甘味屋まで行き、楽しそうに氷菓子を食べ、その後下乳を揺らしながら休憩宿の前で誘惑されていたところまで、すべて」

「……ちゃんと断ったじゃないですか」

俺がいじけながら言うと、リュージュはスンと鼻を鳴らした。

「そうですね、そこに関しては褒めてあげましょう」

リュージュはそう言ってベッドから立ち上がり、俺の目の前までやってきた。ちょうど視線の先に彼女の暴力的なおっぱいがあって、俺はしっかり見た後に目を逸らした。

リュージュは、わしゃわしゃと俺の頭を撫でた。慌てて、その手を振り払う。

「やめてくださいよ。もう子供じゃないんだ」

「まだまだ子供でしょう。出会った頃と何も変わらない」

リュージュはどこか優しい表情で俺を見ている。彼女のそういう顔は、なんだかこそばゆくて、やめてほしかった。

リュージュはからかうように言葉を続けた。

「普段からオナネタにしていた少女から誘われたのに、それを断るなんてつらかったでしょう」

「なんで知ってるんですかッ!!」

俺が叫ぶと、くすくすとリュージュは笑う。

「あなたのことなどすべてお見通しです」

「こわい……」

「さて、密偵にあなたの勃起具合も観測させていたのですが」

「なんで!?　こわい!!」

「どうやら今日はお外で一度も勃たなかったそうですね」

「普通に話進めるのやめてくれませんか？？」

「昨日使いすぎて元気なくなっちゃったんですか？　ちょっと見てみましょう」

リュージュは自分勝手に話を進めて、それからパチン！　と指を鳴らした。

その瞬間、俺は全裸になっていた。

「なんでだ――ッ!!」

「デキる女はこれくらいできます」

そんな説明で納得できるか！

「おや……本当に元気がないみたいですね。いつも私の胸を見たらすぐに勃っちゃうのに」

「こわいよぉ」

「こわくない、こわくない」

リュージュは蠱惑的な笑みを浮かべ……俺の前にしゃがみこんだ。

そして、流れるように、俺の元気のないちんちんをぱくっと口に咥えこむ。

「キャ――――!!!」

俺が絶叫するのを完全に無視して、リュージュは口の中で舌をぐりぐりと動かして、俺のチ
●ポをねぶった。
こんな……こんなことが……！

正直、彼女にしゃぶられる妄想でシコった回数は計り知れない。最近の俺は、一体どうなっ

ているんだ！　エロイベントが起こりすぎて、心が全然ついていかない。

「あの、ほんとに、何してるんですか!?」

「じゅぽ？」

「一旦（いったん）やめろって言ってんだッ!!」

俺が叫ぶのに、リュージュはムッとしたように眉（まゆ）をひそめて、口からチ●ポを抜く。

「……やめていいんですか？」

「いや、だって……」

「なんですか？」

「リュ……」

「なに？」

「リュージュ姉さんに……こんなこと、させられないって……」

俺は顔が熱くなっているのを感じながら、言った。

それを聞いて……彼女はぽかんとした表情を浮かべてから。

心底嬉（しんそこうれ）しそうに、にやぁ、と笑った。そして、意地悪く、言う。

「だって……もう子供じゃ、ないんでしょう？」

「いや、それは……！」

「いいんですよ。血も繋がってないんですし」

「そういう問題じゃ」

「私のこと、ずっとエロい目で見てましたよね？」

「それは……その……」

「ジュルジュポォ！」

「キャ——!!!」

耽美漫画の擬音みてぇな音を立てて、再びリュージュ姉さんは俺のチ●ポを咥えこんだ。

彼女の口の中はめちゃくちゃに温かくて、柔らかくて、舌が俺の敏感な部分を刺激してきて、もうわけがわからない。

強すぎる刺激を与えられて、むくむくとチ●ポが膨らんでくるのがわかる。膨らめば膨らむほど、圧迫感が増して、快感も増えてゆく。

「ぢゅ、ぢゅる、ずっ……♡」

リュージュ姉さんは上目遣いに俺を見ながら、どんどん動きを激しくする。

「くっ……うっ……」

「ひもひい……？」

「姉さん……ほんとに……これ以上は……ッ」

「んっ……ぢゅっ……いいれふお……」

姉さんは右手の指で輪っかを作り、俺の竿の根元を掴んで擦り始める。いよいよ、射精感が高まってきてしまう。

めちゃくちゃに、気持ちいいし、興奮していた。何度もした妄想よりもずっとリアルに、〝あまりに俺の好みのど真ん中すぎる人〟が俺のチ●ポをしゃぶっている。

でも……あれは、夢だから、良かったのだ。

俺は、この人にイかされるのが……こわい。

だって……この人は。

「姉さん……！　止めて……ッ」

「んふ……ぢゅっ……ずっ……ずるる……ッ♡」

リュージュ姉さんは俺の竿を口と右手で刺激しながら……左手で、自分の胸元の布を、ずい、と引き下げた。

彼女の左胸が、ぼろんとまろび出る。

しっとりとした肌。重量感がありつつ美しい形の胸。

そして……ピンと張った、小ぶりな乳首。

「うぐぅ……ッ！」

妄想よりも〝完璧〟な、俺の求める〝理想のおっぱい〟が目に入った瞬間、俺の最後のリミッターは決壊した。

「んっ!?　んぶっ……んぐ……ッ！」

どくどくと陰茎が脈打ち、リュージュ姉さんの口の中に、精液が放たれる。姉さんは俺の根元を指で作った輪っかでこすこすと擦り続けながら、ごくりとこちらに音が聞こえるほど大きく喉を鳴らしていた。飲んでいる。

「うっ……うう……！」

俺は涙目になりながら射精した。

「ん……ぢゅうう……こくっ……ぷはっ……」

リュージュ姉さんは俺のチ●ポを掃除するように吸い取ってから、ようやく口を離す。

そして、不思議そうに俺を見つめた。

「何を泣きそうになってるんですか。気持ち良すぎましたか？」

「わかってて言ってるだろッ!!」

「んー？　なんのこと？」

とぼけるようにリュージュ姉さんは首を傾げる。

いつものような形式ばった敬語をやめた時点で、俺の言わんとしていることはわかっているはずだった。

「確かに、エロい目で見てましたよ！」

俺は涙をこらえながら想いをぶちまける。

「俺の性癖（せいへき）は、あんたにぶっ壊されたんだ！　俺にとって、リュージュ姉さんこそが、理想の女性だ！」

「あら、嬉しいことを言ってくれるじゃない」

「だからって!!」

俺は震えながら、言った。

「……育ての親に、ヌいてもらうなんて……」

半泣きで俺がそう言うのに、リュージュ姉さんは眉を寄せ、ため息を吐いた。

「なんだ。そんなこと気にしてたの」

「気にするだろ普通!!」

「だから、血も繋がってないでしょうに」

「俺にとっては親同然だ!!」

「でもエロい目で見てたんでしょう? あなたはお母さんのこともエロい目で見ちゃうの?」

「いや、だから……それは……」

言い淀む俺を見て、リュージュ姉さんはスンと鼻を鳴らす。露出していた左胸を丁寧に服の中にしまいながら、彼女は言った。

「いいじゃない。あなたは……今までたくさん、〝失くして〟きたんだから。エロいものはエロい。気持ちいいものは気持ちいい。それじゃダメなの?」

「そんな簡単に割り切れる話じゃ……!」

「大丈夫」

リュージュ姉さんは俺の言葉を遮ってから、にこりと笑った。

「私も、あなたを引き取ったときからずっと、あなたのことエロい目で見てたから」

「はっ!?」

「あとこれ。えいっ」

　リュージュ姉さんはどこからともなく注射器を取り出して、流れるように俺のチ●ポに突き刺した。

「ギャッ!!!」

　薬液を流し込まれた瞬間、射精したばかりの俺のチ●ポがさらにバキバキに勃起した。

「何!?　何これ!?」

「凝縮(ぎょうしゅく)した魔力。魔力は精力とも紐(ひも)づいてるから、チ●ポに注入したらまあバキバキになっちゃうわね」

「なんでそんなことするの!?」

「そりゃ、四十八手に影響が出たらまずいからに決まってるでしょ」

　当然のように答えるリュージュ姉さん。

「いや、だったらこんなことしなきゃよかっただろ！」

「気持ちよく射精しといてやいやいうるさいわね。トゥルカの誘いを断ってつらそうだったから元気づけてあげようと思ったのに」

　姉さんはそう言って、しゅんとした表情をする。

「……イヤだったかしら」

「いや、その……イヤっていうか、さぁ……」

「トラウマになっちゃった？」

「トラウマにはならないけども！」

「そう。じゃ、また元気なさそうだったらしてあげるわね」

ケロッと表情が戻る姉さん。演技だったのか……！

翻弄され、わけがわからなくなっている俺をよそに、リュージュ姉さんはすっかり元通りの様子でツカツカと扉の方へ歩いてゆく。

「では、明日からはまた、四十八手に励んでくださいね」

そして……口調も、元通りだった。

「くれぐれも、今日は一人でシないように」

「……わかってますよ」

俺がむくれながら返事をすると、〝リュージュ〟はくすりと笑って、部屋を出て行った。

俺は、全裸のまま、ベッドに座る。そのままベッドにだらりと横たわって、放心した。

幼くして両親を亡くした俺を引き取ってくれたのが……俺の親父と母さんと同じく、当時の〝勇者パーティー〟の黒魔導士であった、リュージュ姉さんだった。

彼女は、特に母と親交が深かったという理由だけで、俺を引き取り……人間としても、〝魔術師〟としても、育ててくれた。

俺の〝勇者〟になりたいという夢を、笑いもせず、そのための鍛え方を教えてくれた。回復魔法しか使えない俺に、夢を諦めろとは一言も言わなかった。

リュージュ姉さんが俺を育ててくれたおかげで……俺は努力を続けることができたし、勇者パーティーに入ることができたのも、彼女のおかげだ。

育ての親として……リュージュ姉さんのことは尊敬しているし……感謝してもしきれないと思っている。

けれど。

俺にとって、彼女は、〝血が繋がってもいないのに〟俺に手を差し伸べてくれた初めての女性でもあった。顔は驚くほどに整っていたし、胸はあまりに大きく形も綺麗だ。家で過ごしている時はなんだかやけに薄着で、常に谷間が見えていた。

俺は、勇者パーティーに入って、リュージュ姉さんの家を出るまで……〝自分を育ててくれた恩人〟としての彼女と〝憧れの女性〟としての彼女の間で、ずっと苦しんでいた。

生来多く持っていた魔力量も、姉さんがつけてくれた修行のおかげでさらに増えていき、それと比例して、性欲も増えていった。性欲が増えていく中、俺にとって〝理想〟の身体の女性が生活圏に――しかも薄着で！　――いるのだ。おかしくならないはずがない！

「ずっと……ずっと我慢してたんだぞ……俺は……ッ！」

必死に引いてきた一線を、突然、向こうから踏み越えて来て、俺は一体どうすればよかったというのか。

四十八手の任についてから……本当に、心が追いつかない出来事ばかりが起こっている。

右手で自分のイチモツを触ると、じん、と甘やかな刺激を感じた。

さっきまで……リュージュ姉さんが、これをしゃぶっていたのだ。

そして……ずっと妄想していた、彼女のおっぱいを……乳首を、ついに、見てしまった。

「…………ぐう……」

唸(うな)りながら俺はベッドの上で転がり、うつぶせになった。

そして、消え入るような声で呟く。

「……………クッソ気持ち良かった………………………」

7章　ヌンとナマコと膝

Succubus 48 technique

《第二手　ウキハシ》

○条件

・天に牙（きば）を剝（む）く覚悟を決める為、四方に〝天牙（てんが）〟を設置した部屋で行う。

・部屋の四方に設置したすべての〝天牙〟の内部に射精を行ったのち、巫女（みこ）と指定の体位で交わり、射精を行う。

・〝第二の淫紋（いんもん）〟が起動し、天が二人の挑戦を受け入れる。

「やかましいわッ!!」

スズカの説明を聞いて、俺は気づけば怒鳴っていた。

真面目（まじめ）な儀式みたいな顔して、実はふざけてやがるな!?

「なにキレてんのよ……」

スズカが変なものでも見るように視線を寄越（よこ）してきた。え、俺がおかしいの……？

「で、指定の体位っていうのは、この図の通りね」

スズカが巻物を見せてくる。

そこにはなんとも古めかしい絵柄で、絡み合う二人の男女が描かれていた。

「……普通に、正常位か」

「……そ、そうみたいね」

顔を赤くするスズカ。こういうので照れるところは、なんだか可愛いと思ってしまう。スズカの反応につられて俺も照れてしまい、鼻の頭をこする。

「んで……その、天牙、っていうのは？」

「ええ、その素材も書いてある。これについては、またエーリカ？　に相談するのがいいんじゃないかしら」

「ああ……そ、そうだな」

「なに？」

「いや、なんでもない」

また「精液が必要」とか言われたらどうしよう……と思ったが、今回の場合はその〝天牙〟とやらに精液を注ぎ込む儀式なわけだから、さすがにそのものを作る段階で精液を要求されることはないだろう。ないよね……？

「今回は私も一緒に工房へ行くわ」

「メシはいいのか？」

俺が訊くと、スズカはキッと俺を睨みつけながら赤面した。

「も、もう飲んだわよ。今日の分は……」

「そうか、なら良かった」

俺は努めて、変な雰囲気を作らないようにあっさりと返事をする。

今後も、こういう会話は何度もすることになるだろう。俺にとって精液は〝エロいこと〟に結びつくものだけれど、彼女にとっては、あくまで食事なのだ。

俺の方に照れがあると、きっと、スズカも照れてしまう。俺がこの手の会話にさっさと慣れてしまうべきだと思った。

「というか……まだ、もちそうか？」

俺が訊くと、スズカは首を傾げる。

「なにが？」

「冷凍精液」

「ああ……………まあ」

「……もうなくなりそうなのか？」

「………………ええ、まあ」

スズカは妙に歯切れ悪く答えた。

「あと一週間ももつかもたないか、ってくらいね。あんたのはほんとに魔力量が多いから、割とちまちま飲めばもつから……」

「なくなったらどうするんだ？」

「なっ……！」

俺が訊くのに、スズカはボッ！　と顔を赤くする。え、なんでそこで赤くなる？

「そ……れは……」

スズカはちょろちょろと視線を泳がせたのちに、大声で言った。

「そん時に考えるわよッ!!」

「ええ……そんな行き当たりばったりな……」

「いいから！　エーリカの工房に行くわよ」

「ちょ、ちょっとぉ！　その、先にドスドス歩いてくのそろそろやめてくれないか！」

一緒に行くなら俺の準備ができるまでちょっと待ってくれてもいいじゃないか！

と、俺がごねているあいだに、スズカは部屋を先に出て行ってしまう。

「も～！」

俺は慌（あわ）てて彼女の後を追う。

＊　＊　＊　＊　＊

「デッッッツ！！！！！」

「？」

工房に入った瞬間に、スズカが独特な悲鳴を上げた。

やっぱり、その反応になるの、俺だけじゃないよな……。

スズカはエーリカの胸を見て硬直している。

「あっ……アベルくん、い、いらっしゃい」

エーリカは人懐っこくニィ～と笑ったが、慣れていないのかなんだか顔が引きつっている。

そして、俺の隣のスズカに視線を移して、うんうんと頷いた。

「あ、あなたが、スズカさん、だよね？」

「え、ええ……そうよ！」

「つ、角……綺麗だね」

エーリカがスズカの頭の角を見つめながらうっとりしている。

「へっ？　そ、そう……？　ありがと……」

スズカは突然褒められたのに驚いたのか、挙動不審に視線をうろつかせながらもじもじと身体をよじった。

「あっ……ご、ごめんなさい。きょ、今日は何の用で、来たのかなぁ……？」

のんびりと、エーリカが俺に訊く。

「ああ……　〝第二手〟にも、魔物素材を使うアイテムが必要になりそうなんだ」

「なるほどぉ……ちょ、ちょっと、見せてくれるぅ？」

スズカが、素材をメモした紙切れをエーリカに渡すと、彼女はふん、ふんと何度も頷きながらそれに目を通した。スズカは、じっ……とエーリカの胸を見ていた。わかる、わかるぞ……。

「し、シマシマスベリナマコ……！」

エーリカがいつもよりも大きな声を出した。どうやら驚いているようだ。

「な、なんだそれ？」

「シマシマスベリナマコは、結構、希少な小型水棲魔物なんだ。採れる場所が特殊で、ここから遠方なのも、あって……うちにも、在庫が、ないんだよねぇ……」

「そうなのか……えっと、その、シマシマスベリナマコ？　っていうのを、どういう風に使うんだ？」

確か、俺は完成した〝天牙〟にチ●ポを突っ込んで射精しなければならないんだったよな？と思いながら、訊く。

すでに、なんだか嫌な予感がしているのだ。

「えっとねぇ……」

エーリカはのんびりとした口調で言った。

「い、生きたまま神経を、ま、麻痺させてぇ……その状態で、牙を全部抜いてぇ……海綿体の働きがなくなる前に、使うみたいだねぇ……」

「…………ッスー」

俺は天を仰ぎながら、深く息を吸いこんだ。

「つまり、俺、ナマコの中に射精するってこと？」

「そ、そうなんじゃないかなぁ……」

「イヤだぁ……」

「何言ってんのよ。世界救うためでしょ」

当然のようにスズカが言うので、さすがに俺もムッとしてしまう。

「やらないとは言ってないだろ！　やりますよ！　それでもイヤなもんはイヤなの！」

「何キレてんのよ。やらなきゃいけないのに文句言っててもしょうがないでしょ」

「じゃあスズカは魔物のチ●ポを自分のマ●コに入れろって言われたら抵抗なくできるんですか!!」

「……………で、できるわよ」

「顔に出てるぞ」

「できるわよッ！　あんたとは覚悟が違うんだから!!」

「け、喧嘩はやめてぇ……！」

エーリカが俺とスズカの間に割って入った。身長の低いスズカの顔に、エーリカの胸がぼよーんと当たる。

「ぶもっ！」

間抜けな声を上げて、スズカの顔がエーリカの胸に埋もれる。

「あ、あ、ご、ごめんなさい……！　ひゃっ！」

ぺこぺこと謝るエーリカの胸を、スズカがむんず、と鷲掴みにした。なっ！　ずるいぞ！

エーリカの胸から顔を離して、スズカが低い声で言う。

「……何をどうしたら、こんなに胸が大きくなるわけ……！」

怒っているような声色だったが……なんとなく、スズカが本心から興味を持っていることが窺い知れた。やっぱり、女性からしてもここまで巨乳になる方法は気になるものなのだろうか。

「あ！　え、えっとねぇ……」

エーリカはなぜか嬉しそうな顔をして、いそいそとカウンターの奥の部屋へ引っ込んでいった。

俺とスズカは顔を見合わせる。

すぐに、エーリカが何かを持って戻ってきた。

右手の指で……何やら、しわくちゃで黒い果実のようなものをつまんでいる。

「は、はい……あーん……」

そして、スズカの口にそれを近づける。エーリカのつまんでいる果実はなんというか、とにかく皺がたくさん入っていて、ドス黒く、どう見ても美味しそうではなかった。

「えっ、え？」

「あーん……」

「いや、ちょっと」

「えい」

「んむぐっ」

スズカは躊躇って口を開けなかったというのに、エーリカは無理やり彼女の唇の中に果実を突っ込んだ。い、意外と強引だ……！

スズカは目を白黒させながら口をもごもごさせ……それからすぐに、目を見開いた。

「あ、甘ぁい……！」

「う、うん、うん。美味しいでしょぉ？」

「こ、これ、何？」

スズカが興味を示すのを見て、エーリカは嬉しそうに何度も頷いてから、言った。

「チチプルーン」

「何？」

「チチプルーン」

エーリカは嬉々として二回言ってから、左手に持っていた小さな鉢植えを両手で持ち直して、スズカにずい、と差し出した。

「これね、チチプルーンの苗木」

そう言って、もう一度、ずい、とスズカに鉢植えを渡す。

スズカはそれをおずおずと受け取った。

「えっと……？」

状況を理解できていない様子のスズカ。俺も、さっぱりわからない。

「あっ、ご、ごめんなさい……。あのね、私、小さいころから、その、チチプルーンをずっと食べてて……」

「あ……もしかして……」

「うん、うん……。チチプルーンを食べ続けたら、胸、おっきくなるよぉ」

「ほんとに……？」

「うん、なるよぉ」

特に追加説明はなかったけれど、ここまで彼女が自信を持って「なる」と言うのなら、きっとなるのだろうという謎の説得力があった。

「もらっていいの？」

「うん。毎日、お水あげて、日の当たるところで育てて、あげて……？」

「わかった……！」

心なしか嬉しそうにスズカは頷いて、もらった鉢植えを大事そうに抱えた。

めでたし、めでたし。

「……じゃ、なくてだな！」

すっかり、本来の目的を忘れていた。

「その、シマシマスベリナマコっていうのは、どこで手に入るんだ？」

俺が訊くと、エーリカはニチャア、と笑って、言った。

「遠いよぉ……？」

意外と、いろんな表情をする女の子である。

＊　＊　＊　＊　＊

シマシマスベリナマコの生息地は、俺たちが拠点(きょてん)としている王都アセナルクスよりもはるか西方にある港町ヌディビの海岸線だという。

ヌディビまでは、かなり飛ばしてくれる馬車に乗って一日ほどだ。「遠いよ～」と脅(おど)された割には近いじゃないか、と思ったが……それは、冒険慣れしている俺と、王城から出ることのないエーリカの感覚の差なのかもしれない。

しかし、一日というのはあくまで〝飛ばしてくれる馬車〟に乗った場合であり……そういう馬車の荷台の上は、落ち着いて寝れたものではない。旅慣れた俺はともかく、スズカは間違いなく疲弊(ひへい)してしまうだろう。急がなければならないのは確かなので、馬車は速いものを選ぶにしても、現地で睡眠をとる時間は確実に必要になる。ヌディビにたどり着き、素材を手に入れて、じゃあそのまま帰ろう！　というわけにはいかない。

そして、もう一つの問題は、くだんの〝シマシマスベリナマコ〟だ。名前のへんてこさとは

裏腹に、エーリカが持たせてくれたメモをエーリカが言うには、かなり凶暴な魔物らしい。生態や特徴をまとめてくれたメモを

エーリカが持たせてくれたが……ざっと読んだだけでもちょっと〝恐ろしくなる〟魔物だった。

スズカを戦闘の頭数に数えることは当然できないのだから……必要なのは、協力者だ。それも
……冒険と、魔物に精通した人がいい。

そうして俺が白羽の矢を立てたのが、冒険者〝オスグッド〟である。

彼とは……勇者パーティー時代に、何度も組んだことがある。有り体に言って、『長い付き合い』というやつだ。

というのも、長期間の遠征などでは、勇者パーティーに加えて、練度の高い冒険者を複数人連れて行き、パーティーメンバーが交代して休憩するときなどの回転を良くしたり、専門性を伴う任務の時は、その手のプロをパーティーに組み込んだりすることがあるのだが……オスグッドは、ダンジョンの理解度の高いベテラン冒険者であるため、そういった立場で指名を受けることが多かったのだ。

つまり、彼は勇者パーティーや、その他の国王直属の部隊と組んで仕事をすることも多い冒険者だ。〝国絡み〟の仕事を任せられる冒険者に共通していることは、『口が堅い』ことだ。だから実績と信頼がある彼を同行させる許可をリュージュから得るのに苦労はしなかった。

馬車の手配をし、旅の準備を済ませ……王城の前で待っていると。

彼は、のんびりとした歩調で現れた。

「よう、無職！」

片手を上げて、オスグッドは気さくに挨拶してくる。

「無職じゃねぇよ。国王からの勅命で動いてるんだぞ、俺は」

俺がまるで怒ったかのように返すと、彼はへらへらと笑いながら「冗談だよ、冗談」と続けた。

「お前……勇者パーティー抜けてもまだ俺を雇うんだなぁ」

苦笑しながらそう言って、オスグッドはさっさと馬車に乗り込む。

「ま、ちゃんと報酬もらえるなら、なんだってやりますよ俺は？」

そして、借りて来た猫のように大人しくしていたスズカにパチッ、とウインクをした。

齢四十だというのに、あまりに、色男の仕草であった。そして……本当に色男なのだから、タチが悪い。

＊　＊　＊　＊　＊

「あ、足の裏の感覚が……」

「ほら、肩貸すから」

早朝に王都を出発し、日が暮れる頃にはヌディビへ到着した。思った以上に馬車の御者が急いでくれたので予定よりも早く到着できたが……その分、本当に、荷台は揺れた。

ふらふらになっているスズカを傍で支えながら、ヌディビの街を歩く。

王城の外なので、スズカはかなり深めのフードをかぶって角を隠していた。それによって視野が狭くなっていることもあり……少し、馬車で酔ってしまったのかもしれない。

「とりあえず、宿の確保だな。お嬢ちゃんを少し休ませてから、メシでも食いに行こう」

オスグッドはぐい、と身体を伸ばしながら言う。

「そうだな。ヌディビなら宿には困らないんじゃないか?」

俺が訊くと、オスグッドはうんうんと頷いた。

「宿場街として栄えた土地だからな。未だに街の四分の一くらいは宿屋だよ。宿がとれねぇなんてことは、漁獲祭の時期さえ避けりゃあ万に一つもあり得ねぇや」

そう言って、オスグッドは俺を横目に見ながらニッと笑う。

「良かったなぁ、その儀式？　とやらを開始したのがこの時期で」

「どういう意味だ？」

「漁獲祭の時期とかぶったら、宿もとれねぇし、浅瀬にいるシマシマスベリナマコも軒並み駆逐されちまってるからだよ」

「そ、そうなのか⁉」

「ああ。ありゃほんとに凶暴だからな。あんなんがわんさかいる海辺で祭りなんかできやしねぇ」

漁獲祭というのは、現地の漁師を中心に、街の住民総出で沖から網を引き、大量の魚を釣り上げる祭りのこと。その年の漁業の成功を祈願する意味もある、伝統的な行事だ。確かに、浜で冒険者でもない人々が網を引くのだから、そんなところにうじゃうじゃと危険な魔物がいては怪我人だらけになってしまう。

「漁獲祭の時期が近づくと、国に依頼して黒魔術師をしこたま呼んで、浅瀬のナマコは軒並み魔術で殺しちまうんだ」

「なんだか酷だな……」

「ただ殺すだけじゃない。捌いて食うんだよ。命は無駄にしないってわけだ」

「ええ……食うの……？」

「俺も一回食ったことあるけど、意外とイケるぜ？　コリコリしてて」

「……ちなみに、チ●ポつっこむのって、どう思う？」

「はっ？」

俺の質問に、オスグッドは素っ頓狂な声を上げた。俺は改めて、訊く。

「いや、その……牙を抜いたナマコに、チ●ポ突っ込むのって、どう思う？」

「な、なんでそんなことすんの……？」

「わかんない……」

「……えっ、ほんとにやんのか？」

オスグッドは目を丸くしながら訊いてくる。

「うん……」

「ワァオ……」

彼は遠い目をしながら、しみじみと言った。

「過酷だな……その儀式……」

ほらね？　男ならみんなこう言うんだよ！　という視線をスズカに送るが……彼女はぷい、と顔を逸らした。取り合わない、というやつだ。

「ま、とにかく今日は、宿取って、メシ食って、寝るだけだ！」

気を取り直すようにオスグッドが言う。

彼の勧めてくれた宿に無事部屋を取ることができた。値段の割に部屋はとても綺麗で、無料で飲み水もつけてくれる宿だった。こういう情報をたくさん持っているところも、彼を頼りたくなる理由の一つだ。

部屋に着くと、疲れからかスズカはベッドの上で眠ってしまったので、オスグッドに少し休むと伝え、俺ももう一つのベッドで数時間の仮眠をとった。

勇者パーティーにいた頃からの習慣で……俺は、寝る前に「大体これくらい寝よう」と決めたら、本当に、それくらいの時間でパッと目が覚める。

ぱち、と目を開けて身体を起こすと、隣ではまだスズカが寝ていた。

そっとベッドから降りて……彼女の近くに腰かけた。

すうすうと寝息を立てているスズカは……やはり、か弱い女の子に見えた。年齢は、彼女の言うことが本当であれば、俺と同じらしいが……。

おだやかに眠っているスズカの顔を、じっと見てしまう。

とうてい〝救世の要〟と呼ばれるような……世界を背負っているような存在には見えない。

『愛おしいか？』

頭の中で、声がした。懐かしい、あの声だ。

愛おしい。そう思う。

俺は、優しく、スズカの頰を撫でた。

『護りたいか？』

護りたい。そう思う。

『じゃあ、護らなくてはなぁ？』

護らなくてはならない。俺が、この子を。

コンコン！　と部屋の扉がノックされて、俺はハッとする。

……俺、もしかして今、寝てたか？

そして、自分の手がスズカの顔に触れていることに気がついて、ぎょっとした。

慌てて俺が手を引っ込めるのと、扉が開くのは同時だった。

振り向くと……オスグッドが扉を開けて俺を見ていた。

「……で、出なおそっか？」

気まずそうにオスグッドが言うので、俺は思い切り顔をしかめた。

「ちょうど、スズカを起こそうと思ってたんだ。そろそろメシの時間だろ」

「その通り。腹減りすぎて呼びに来ちゃったぜ」

ビッ！　と人差し指と中指を立てて見せるオスグッド。俺はスンと鼻を鳴らしてから、スズカの肩を揺すった。

「ん……んん……？」

「スズカ、そろそろ起きろ。メシ食い損ねるぞ」

「ごはん……？」

ぼんやりとした目で、スズカが俺を見た。それから、俺が彼女の肩に置いた手に視線をやる。

「はぐっ」

「!?!?!?」

スズカが、俺の人差し指を突然口に咥えた。

そして、それをちゅうちゅうと吸っている。

「スズカ!?」

「あえ……出ないよ……？」

「スズカー？　スズカ!?」

俺はついに、左手でぺちぺちと彼女の頬を叩く。完全に寝ぼけているのがわかったからだ。

彼女は俺の右手の人差し指を咥えたまま、徐々に目の焦点を合わせてゆく。

そして。

「ギャ――――！！！！」

「わァ――――！！！！」

「なんで口に指突っ込んでんの!?　変態ッ!!」

「違う違う違う!!!　俺じゃない俺じゃない!!!」

「あんたの指でしょうが!!!」

「俺の指だけど俺じゃない!!!」

　ぎゃーぎゃー騒ぎ出す俺とスズカを見て、オスグッドが後ろでゲラゲラ笑っていた。見てたんならフォローに入ってくれよ!!!

＊　＊　＊　＊　＊

「ヌディビに来たからには、あれを食わなきゃなあ」

　夜の港町で、俺とスズカを先導するように歩きながら、オスグッドが言った。

「あれってなんだよ」

　俺が訊くと、待ってましたとばかりにオスグッドが人差し指をピンと立ててみせる。

「そりゃもちろん、海鮮塩ヲーヌンに決まってる」

「ああ、なるほど。ヲーヌンか」

俺が納得して頷くのを見て、スズカが首を傾げる。

「ヲーヌンってなに」

「味が濃くて、脂のこってり絡んだ美味しいヌンだよ」

「ヌン？」

「穀物を細かく砕いた粉を、細長い棒状に練り直したもののこと。啜って食べるんだ」

俺が説明すると、スズカは「ああ！」と声を上げた。

「なるほど、つまりソヴァみたいなものね！」

そう言うスズカは、妙に上機嫌に見えた。

「ソヴァ？」

「ええ、ソヴァ！」

今度はスズカがピン！　と人差し指を立てる。

彼女は歩きながら、今まで聞いたこともないほどの早口でソヴァとやらの説明を始めた。

「ソヴァっていうのは、江呂島に伝わる格式高い麺料理のことよ。あ、麺っていうのはあんたたちの言うヌンのこと。けれどソヴァはそんじょそこらの麺やヌンとは違うわ。口当たりがよくて、つるつる入るのに、後から上品な香りが口いっぱいに広がるのよ。あんたたちはそのヲーヌン？　とやらを随分気に入っているようだけど、どう考えてもソヴァの方が美味しいに決まってるわ。上品かつ、濃厚。それがソヴァ。あれを超える麺類がこの世にあるなんてとうてい──」

「ズルルルル!! ズッ!! ズッ!! ズボボッ!!! ジュルルルッ!! ズルッ！」

「うわぁ！ ヌン食い妖怪!!!」

「随分気に入ったみたいだな」

ソヴァより美味しいヌン類はこの世にない、などと豪語していたくせに……ヲーヌン屋にたどり着くや否やスズカは妙にそわそわしだし……いざヲーヌンの入った丼が出てくると、鬼神のごとき迫力でヌンを啜りだした。

深々とフードをかぶったままとてつもない勢いでヌンを吸い込む少女に、店主は圧倒されていた。

「おうおう、どんどん食え。替え玉頼むか？」

オスグッドがスズカに訊くと、彼女は啜ったばかりのヌンをほとんど噛まずにごきゅ、と飲み込んでから目を輝かせる。

「替え玉ってなに！」

「ヌンのおかわりだよ。硬さも選べる」

「た、頼むわ！ 一番硬いやつをちょうだい！」

スズカが元気よく言うのに、店主も少し嬉しそうに「はいよ」と返事をし、ヌンを茹で始め

る。

美味しそうにヲーヌンを食べるスズカを横目に見ながら、俺は少し、ほっとした。

「なんだよ……結構食べるの好きなんじゃないか」

俺が言うと、スズカは少し恥（は）ずかしそうにこくりと頷いた。

「ま、まあ……正直、栄養を摂取するって意味では、あの、その……〝アレ〟よりは全然効率よくないんだけど」

スズカは小さな声で言う。アレ、というのは精液のことだろう。公（おおやけ）の場で話せるようなことではない。

「でも……あったかいご飯は……なんか、心が、潤（うるお）うから」

スズカがそう言うのを聞いて、俺はなんだか……とても嬉しかった。

ようやく、彼女の等身大の感情を見られたような気がしたからだ。

「そうか……だったら、好きなだけ食べたらいいよ」

「ええ……そうさせてもらうわ。……ズルルル!! ズッ!! ズッ!! ズボボッ!!!」

「ごめん、もうちょい静かに食える?」

鬼気（きき）迫る勢いでヌンを啜るスズカ。それを見てゲラゲラと笑うオスグッド。

俺もつられて、笑ってしまう。

なんだか、久しぶりに……難しいことを考えない時間を過ごせているような気がした。

* * * * *

「さて、あれがシマシマスベリナマコの群生地なわけだが！」

オスグッドが腕を組みながら、声を張り上げる。

ヌディビに到着した翌日。その海岸に、俺たち三人は立っていた。

沖の方には漁船の姿が見えているが……浜辺には、俺たち以外に人っ子一人いない。

そして……浅瀬の水中に目を凝らすと……。

そこにはぎっちりと、何やら黒くてぬめぬめした生物が敷き詰められたように並んでいる。

「えっ！　あれ、全部ナマコ⁉」

「そうだ」

「キッモ……」

素直な感想が漏れ出てしまう。え、俺、アレにチ●ポ突っ込むの？　ほんとに？

「で？」

オスグッドが俺の方を見た。

「どう捕まえるよ？」

「それなぁ……」

俺はポケットから、エーリカに持たされたメモを取りだす。そこに書かれた文面を見て、顔をしかめる。

エーリカによると……シマシマスベリナマコは、人間や動物の性器にしゃぶりついて、その内部にある大量の歯で食いちぎり養分を得る生物だった。聞くだけでちんちんが寒くなるような話だ。

雄特有のフェロモンを感じると、海面に飛び上がり、性器めがけて飛びついてくるのだという。

「昨日話した通り、そもそも、凶悪な魔物だからな。素人でもなければ、この群生地には近寄りもしない」

「そうみたいだな」

がらんとした海辺を見渡して、俺は頷く。

オスグッドは困ったように頭を掻いた。

「麻痺矢で痺れさせて持ち帰るっつっても、そもそも海面に釣りださないことにはそれもできない。で、釣りだすためには男のフェロモンを嗅がせる必要があるわけで……どれくらい近づいたら感知されるかもわからない状態で、うかつに足を踏み入れるのも危ない」

そう言って、オスグッドはしばらく考え込むように黙ってしまう。

スズカはこれについては完全に〝何もできない〟立場にあるため――おちんちんが生えていないため――、俺とオスグッドを交互に見ながら、そわそわとしている。

どうしたものか……と俺も案を考え出したタイミングで、オスグッドが「なあ、アベル」と声をかけてきた。

「なんだ？」

オスグッドは、真面目くさった顔で、俺に訊く。

「お前……仮に俺のチ●ポが食いちぎられたとして、すぐに治せるか？」

想像もしたくないようなことだが……。

「治せると思う」

俺は頷いた。回復魔法にだけは、自信がある。

「そうか、じゃあ、やろう」

オスグッドは力強く頷いて、その場でてきぱきと下半身を露出した。

即断即決。彼は冒険のプロである。


「来るなら来いッ!!」

下半身を露出して、潮風に陰毛をなびかせながらオスグッドが叫んだ。

あまりに珍妙な光景だが……それを笑う者は誰もいない。むしろ、重すぎるほどの緊張感が俺たちを包み込んでいる。

じり、じり、と一歩ずつ、オスグッドが進む。大股を開いて進むものだから、一歩ごとに、彼のチ●ポが左右に揺れる。まるで時を刻む振り子のようだ。

「来ないならこっちから行………どぅおッ!!」

ちょうどオスグッドが波打ち際の、水面にぱちゃり、と足を踏み入れた瞬間。

突然、ナマコが一匹、海の中から高速で飛び出し、オスグッドの股間へと突進した。

彼は覚悟を決めていたはずだった。チンポを犠牲にしても、俺が完全に回復させることを信じて……その恐怖に立ち向かったはずだった。

しかし……やはり、どうしても、オスの本能には勝てなかった。

咄嗟に片足を上げて、局部をかばってしまう。

ガブッ！　とナマコが食らいついたのは、彼の膝であった。

オスグッドが断末魔の如き叫び声を上げる。

「あああああああああ！！！！」

「ああああああああああ！！！！」

「大丈夫かオスグッド！！！！」

「あああああああああ！！！！」

「今剝がす！　今剝がすからな!!!」

「ああああああああああ！！！！」

海辺からオスグッドを遠ざけ、俺は力任せにオスグッドの膝からナマコを引き剝がす。

ゴリッ！　とオスグッドの膝が抉れ、ぴゅー！　と血が噴き出していた。

者の中の冒険者だ。

「グッッッロ……」

「いいから早く麻痺矢を刺せェ!!!」

オスグッドは激痛のあまり、全部の顔パーツが中央に寄っちゃったようなしわくちゃな顔をしながら、俺に短い麻痺矢を渡してくる。こんな状況でも目的の達成を最優先にできる、冒険者の中の冒険者だ。

オスグッドの膝を噛みしめたまま砂浜でべちんべちんとハネているナマコに、俺は麻痺矢を突き刺した。びくびくと痙攣したのち、すぐにナマコは動かなくなる。びしりと生えた歯の力も弱まり、ぽろりと、オスグッドの肉片がナマコから転がり落ちる。俺はそれを直視しないように鷲掴んで、オスグッドのもとへと走った。

「今治すからなオス……グッッッロ……」

とんでもねぇ抉れ方をしている生傷を直視してしまい、俺は吐きそうになりながら回復魔法を発動した。

「畜生、また膝だッ!!!」

オスグッドが叫ぶ。

そう……彼は熟練の冒険者なのだが……なぜか、いつも膝ばかり怪我をする。何度も彼を回復魔法で癒してきたが、彼の負傷箇所はいつも決まって、膝なのだ。

間違いなく実力のある男なのに、ただ不運で、可哀想だ。

数分に渡り回復魔法をかけ続けると、彼の膝は元通りになった。しかし、少し前まで骨がくっきり見えるほど膝が抉れていたのだ。オスグッドは全身にだらだらと汗をかき、息も絶え絶えであった。

魔法で治る、などというのは関係ない。大怪我というのは、精神にショックを及ぼすものだ。

「このやり方じゃあ、オスグッドの膝が何個あっても足りないぞ」

「お前が治してくれるにしても、俺の精神がもたない。ショックで死にそうな痛みだ」

残り、三匹持ち帰らなければならない。今と同じことを三回もやったら、本当に、オスグッドがショック死しかねない。

どうする……？

他に、どんな方法があるだろうか。

必死に考える。

チ●ポを出して近づく以外に、フェロモンをヤツらに感知させる方法は、本当にないのだろうか……？

そこまで考えて、俺は、脳内に雷が落ちたような感覚を覚えた。

「……そうか」

俺が呟くのに、オスグッドが反応する。

「なんだ？　なんか思いついたか」

「ああ……」

俺は頷いて、おもむろに立ち上がる。

そして、振り返って、遠巻きに見ていたスズカを見た。

「スズカ、この前のアレ……やってくれないか」

俺が言うと、スズカはぽかんとする。

「この前のアレ……ってなによ」

「だからほら、アレだよ!!」

俺は前のめりになって、言った。

「チ●ポに息をふ～♡ってやるやつ!!」

俺が大声でそう言うと、オスグッドもスズカもぎょっとした表情を浮かべる。

「なんで今!?」

スズカが叫んだ。

「いや、射精しないと、って思って……!」

「馬鹿(ばか)！　無限性欲人間！　今そんなことしてる場合じゃないでしょ!?」

「違う違う！　精液をばらまいたら、あいつら沢山(たくさん)海面に飛び上がるんじゃないかと思ってさ」

俺がそこまで言っても、スズカは「何言ってんだコイツ」という表情を浮かべたが、オスグッドは隣で「ああ!!」と声を上げた。

「なるほど、一気に飛び上がらせて、一気に確保か。悪くない！」

さすが、冒険のプロだ。飲み込みが早い。

「いけそうかな」

「誰に言ってる、まかせとけ。ただ……矢に細工が必要だな。弓で射ってちゃ間に合わん」

オスグッドは言いながら、矢筒から麻痺矢を取り出して、先端に重しを付け始める。投擲用に改造しているようだった。

理解も早いし、行動も早い。やっぱり、彼は俺の知る中で、最もこういった〝特殊な場面〟で頼りにできる冒険者だと思った。

見惚れるようにオスグッドの作業を眺めていると、彼は突然バッと顔を上げて、真顔で俺を見た。そして、言う。

「何ぼーっと見てんだ。早く精子出せよ」

＊　＊　＊　＊　＊

「ふ……ふ～！」

「……う、うーん…………」

「ふ～！　ふ～～～!!!」

「…………な、なんか……あれぇ……？」

スズカが一生懸命、俺のチ●ポに息を吹きかけている。くすぐったくて気持ちいいのだが……なんだか、あの時のような一瞬でこみ上げてくるような射精感が、まったく生じない。

「あの時は、もっとなんかこう、スズカの『ふ〜』の後ろに、ハートマークがついてる感じだったんだよ」

「ハァ？　そんなんつけてないわよ」

「つけてなさそうだったけど、ついてたんだって！」

ムキになって俺が言うと、スズカは再び「何言ってんだコイツ」の顔をしたが……その少し後に、「あ」と小さく声を漏らす。

「なんだ？　ハートマークのつけ方わかったか？」

「違う、そうじゃなくて」

スズカは考え込むように顎(あご)に手を当てる。チ●ポの前で熟考する少女、不思議な画(え)だった。

「もしかしたら……あんたが、あたしの〝魅了(チャーム)〟にかかったのかもしれない。サキュバスは、男性の性的な欲求を強引に引き出す魅了体質があるの」

「なっ……そういうことだったのか……？」

「ええ……多分」

そう言われると、そんな気もする。あの時の射精は、明らかにおかしかった。可愛い女の子に息を吹きかけられるのは確かに気持ち良かったが……よくよく思い返すと、実際にチ●ポが感じていた快感は、今スズカがしているものと大して変わらなかったような気がする。なのに、あの時は抗うこともできず、あっという間に射精してしまった。

「で、でも……あの時と今の違いはなんなんだよ？　スズカの魅了の力が弱まったってことか？」

「逆よ。あなたの魅了への耐性が高まったと考える方が正しい」

「はぁ……。えっ、な、なんで耐性が高まってるわけ？」

俺が訊くと、スズカは口をへの字にひん曲げながら、顔を赤くした。それから、俺のチ●ポを平手でひっぱたく。

「痛ァいッ！！！！」

「肌と肌で触れ合ったからでしょうが!!!」

「言葉だけでいいじゃん!!　なんで叩くの!!　ちんちん叩いちゃだめでしょ!!」

おちんちんは悲鳴を上げているが、疑問は解消した。

つまり、俺はスズカと裸でキスをして、彼女の股間をベロベロと舐め、イかせることまでした。その過程で、少しずつ彼女の魅了体質に耐性を得ていたということになるのか。

「え、じゃ、じゃあ……どうしよう………」

困ってしまった。息をふ～♡ってしてもらって射精をする作戦が崩れ出す。

スズカは思い悩むように眉間に皺を寄せて、顔を赤くし、それから右手を振り上げた。

「あぶねッ!!!」

「避けるなッ!!!」

「ちんちん叩くなッ!!!」

ちんちんを叩かれる気配を感じ、かろうじて身をよじって避けることに成功した。早くも俺はスズカに適応しつつある。

「なんか思いついたんだろ？　教えてくれ」

「だから……！　その……」

「なんだよ」

「……んたの……てほし…………るから」

「なに？　風で聞こえなくて」

びゅうびゅうと潮風が吹いている。ちょっぴりチ●ポに染みる。

痺れを切らしたスズカが顔を真っ赤にしながら怒鳴った。

「だからァ!!　あんたがしてほしいこと、してあげるって言ってんの!!」

「エエ!?」

「だから、さっさと射精しなさいよ!!」

スズカがバッとオスグッドの方を向く。

「絶対こっち見ないでッ！」

「へいへい」

オスグッドはひらひらと片手を振って、俺たちの方に背中を向けた。

「で!?」

スズカはブチギレながら俺を見た。

「何したらいいわけ!!」

「とりあえず優しくしてほしい」

「うるさいッ!!」

「ごめんなさい……おっぱい見せてください」

俺が謙虚な態度で頼むと、スズカは舌打ちを連発しながらもぞもぞと上半身の服を脱ぎだす。

「脱ぎづらァいッ!!」

「ごめんなさい!!」

キレながらスズカは上半身の服を器用に脱いだ。しかし、角はやはり隠さなければならないので、上半身はほぼ裸なのにフードだけはかぶっているというなんとも背徳的な格好になった。

そして、彼女が下着の留め具をパチッ、とはずすと……。

ぽろん、と胸が目の前に露出される。

「……ッ!」

スズカは、ビキビキ！　と血管を浮き立たせた俺のチ●ポにたじろいだ。

やはり……スズカの身体は……信じられないほど、美しいと思った。美しくて、触れがたいと思うのに……どうしても、手を伸ばしたくなる。

だが……しかし……。

俺がぎゅっ、と苦しそうな顔になると、スズカはクワッと大口を開けた。

「まだなんかあるわけッ!?」

「いや……その……」

「なにッ」

とても言いづらいのだが……。

俺はここ最近、〝ありえんほどデカい〟おっぱいを見すぎている。エーリカやリュージュのそれだ。そして、俺はもとより、その〝ありえないほどデカい〟おっぱいが、大好きなのだ。

確かにスズカの身体は美しい。ああいう、「暴力！！！」という感じのグラマーさとは違う魅力を放っている。

でも……でも……俺はやっぱり……おっぱいに暴力を振るわれるのが好きだ……！

「あのですね」

「早く言いなさいよ」

「もうちょっとおっぱい大きくしてもらったりはできますかね？」

「ふんッ!!」

「痛ッてぇ!!!」

チ●ポを正面からグーで殴られた。竿(さお)が下腹部に食い込んで膀胱(ぼうこう)のあたりにダメージを負う。

いや、しかし、これに関しては俺が悪い。本人に言えと言われたからって、言わない方がいいこともあるのだ。指を鳴らすだけで服を脱がせられるサキュバスならあるいは、と思わないでもなかったが、多分、それとこれとでは全然話が違う。

「訊いたあたしがバカだった。もう黙ってて」

そう言い捨てて、スズカは俺のチ●ポを握った。

握った……はいいものの、そこで固まってしまう。

ああ、そうだった……スズカも、経験がないのだ。サキュバス、という印象だけが先行して、ついつい「めちゃくちゃ気持ちよくされてしまう！」と身構えたが……多分、俺があれこれ言うべきなのだろう。

「えっと、もうちょっと……強めに握って大丈夫」

「そ、そうなの……？　い、痛くないわけ……？」

「大丈夫。自分でシコってる時の力が一番つええから」

「こ、これくらい……？」

「そう、もうちょい強くてもいい」

「これくらい……？」

「うん、それくらい」

たどたどしいやりとり。スズカは俺の竿をしっかりと握り……。

そして、その力のまま上へ擦(こす)り上げた。まったく湿り気のない彼女の肌が思い切り俺のカリ首にゴッ！　と当たった。

「痛ッッッ!?!?」

俺が悲鳴を上げると、スズカも小さく悲鳴を上げて手を離す。

「ご、ごめん……」

「いや、すまん、説明が足りなかった俺が悪い。ごめんだけど、唾液で濡らしてくれるか？」

「う、うん……」

スズカはやけに素直に頷いて、俺のチ●ポにだら、と自分の唾液をかけた。想像よりもあたたかくて、びくりと身体が跳ねる。

「その状態で……擦ってくれ」

「わ、わかったわ……」

スズカはおっかなびっくりといった様子で……けれど、さっきの力加減はしっかり再現しながら、俺のを擦り始める。

「……ああ…………くっ……」

「き、気持ちいいの……？」

「気持ちいい……」

「そ、そうなの……」

スズカのたどたどしい手淫で、甘やかな刺激が下半身に与えられる。スズカが一生懸命腕を上下すると、それに合わせて彼女の胸がぷるぷると揺れる。その様子も、俺に視覚的な興奮を与えてきた。

なんというか……全部がいじらしく見えて、可愛い。

おっぱいをでかくしてくれ、だなんて、なんということを言ったのだと反省する。当然のことだが……すべての女の子に、きっと、それぞれの魅力があるのだ。

さっきまで全身から憤怒をまき散らしていた少女とは思えないほどに、彼女は今、一生懸命俺を気持ちよくしようとしてくれている。それは、結局は〝四十八手〟の完遂のための行動だとはわかっている。それでも……今、この瞬間にスズカが俺のために頑張ってくれていることが、嬉しかった。

スズカは、なんだか……今まで見たことのないような、切ない表情で俺を見ていた。チ●ポをしごきながら、俺の顔をじっと見つめている。俺の反応を、観察している。

「これ、きもちい……？」

「ああ、気持ちいい……」

「もっと、速くしたほうがいい？」

「してくれるか？」

「こう……？」

「あッ……ヤバい……」

「いい？」

「気持ちいいよ、スズカ……」

どんどん、興奮が高まる。スズカが、気持ちよくしようとしてくれている。

なんだか、彼女も少しずつ、表情を上気させていた。

「膨らんでるよ？」

「もうちょっと……刺激があれば……イけそう……！」

「そうなんだ……そう、なんだね……ッ」

スズカが、ぐちゅぐちゅと音を立てながら俺の陰茎を手淫する。彼女の熱い視線がそこに注がれて……そして。

「……ちゅっ……ちゅっ……」

「うっ……くっ……」

手淫を続けたまま、スズカは俺の竿の先端に口づけた。

「なんか……ちゅっ……しょっぱいの、出てるよ……？　ぢゅう」

スズカが俺の先走り汁を吸うように、チ●ポの先端で唇をすぼめた。竿の全体と、先端の敏感な部分に刺激が来て、いよいよだった。

「スズカ……出そう……ッ」

「出そう？　いいよ……ちゅっ……ぢゅっ……出して？　出していいよ？」

スズカの声が脳の中でぐるぐると回っているようだった。頭がくらくらする。

この感じには、覚えがある。

多分、俺は今……彼女に魅了されている。

竿の根元が、熱かった。これは大量に出る、と、わかる。

「出る……スズカ……ッ！」

「出して……出して……ッ！」

「ぐうっ！」

下半身全体が震えるような感覚ののちに、ビュッ！　と音が鳴るほどの勢いで俺は吐精した。

「んぐっ……!?」

ちょうどスズカが俺の先端に口づけをしていた瞬間に射精してしまい、最初の、最も勢い溢れる精液はスズカの口の中に発射されてしまう。

心が、「このまま彼女の口の中に全部出したい！」と、叫んだが……ひとかけらの理性が残っていた。

俺は今、ナマコを確保するために射精しているのだ。

俺は慌てて、あらかじめ用意していた水筒――そもそもは飲み水を入れるためのものだったが……作戦のために、中身を全部捨てた――を摑んで、そこに射精する。

よくよく考えたら……俺は一昨日眠ってから、一度も射精をしていない。そして、とびきりエッチなサキュバスの女の子に触られて、舐められての発射だ。

全然、止まらなかった。

自分でも引くほど長い射精をして……ようやくそれが止まってから、俺はスズカの方を振り向いた。

「スズカ、ありがとう……おかげで……」

俺の言葉は途中で止まってしまう。

スズカは砂浜の上に力なくへたり込んで、肩で息をしている。

「はっ……はっ……はっ……はっ……！」

そして、その表情は……恍惚一色だった。目がとろんとして、口が半開きになっている。

「スズカ……？」

声をかけても、まるで聞こえていないようだった。彼女は何度も口を開けたり閉じたりして……おそらく、口の中に入った精液を嚥下していた。そのたびに、身体をびくびくと震わせて、彼女の右手が、下腹部へ伸びていく。へその少し下あたりを、彼女は無意識のように見える動作で、何度もさすり、内腿を切なそうにこすりあわせていた。

そして……。

「……！」

俺はスズカの背後に、ぐりぐりと動く紐状の何かを見た。

あれは……。

「尻尾……」

以前は確認できなかった尻尾が、確かに生えている。黒く、ツヤがあり、先端が、ハートのような形をしている。耽美漫画で見たことのある……あの形だった。

やっぱり、あるんだ……！　という驚きと共に。

明らかに様子のおかしいスズカのことが気にかかる。

「スズカ？　おい、大丈夫か！　スズカ！」

肩を摑んで揺すると、スズカがとろんとした目で、俺を見る。それから、彼女の肩を揺するために砂浜の上に置いてしまった水筒に、視線が動く。

スズカは目を大きく見開いて、その水筒に手を伸ばした。

「おっと！　これは今から使うんでね」

スズカの手が届く寸前で、オスグッドが水筒をパッと手に取った。

そして彼が何歩か後ろに下がり、スズカと距離をとると……。

「……………あ、れ？」

だんだんと、スズカの目の焦点が合ってくる。

「スズカ？　大丈夫か？」

「あたし……」

「俺の精液が口に入ってから、様子がおかしくて……」

俺がそう言うと、スズカは何度も瞬（まばた）きをしてから、「ああ……」と喉（のど）の奥から声を漏らす。

そして、だんだんと、顔が赤く染まってゆく。

その様子は、何が起こったのか理解したかのようだった。

「あ、あたし、なんか……なんか……ッ」

「大丈夫！」

俺はスズカの両肩に手を置いて、言った。

「俺が、頼んだんだから！」

俺ははっきりとそう告げる。

「俺が頼んで、やってもらった。おかげで射精できて、すごく助かった」

「そ、そう……なの？　あたし、途中から覚えてなくて……」

「ああ。変なことはなんにもなかった。一生懸命で、ただただ可愛かった」

「う……うう……余計なこと言わなくていい……」

スズカは俺の視線から逃れるように顔をそむける。

そして、深く、息を吸いこんだ。

彼女の視界に……彼女の尾骶骨(びていこつ)から生えた、尻尾が映ったのだ。

「…………ッ」

スズカは目を真ん丸にしながらそれを見て。

「ギャ――――――――――ッ!!」

「ええ――――ッ!?」

大絶叫し、その場で失神した。俺も叫びながら、力を失う彼女の身体を支える。

「スズカ!?　スズカ大丈夫か!?」

俺は懸命に声をかけるが、途中でオスグッドが近寄ってきて、冷静にスズカの首元に指二本を添える。

「大丈夫。気絶してるだけだ。脈もフツーだ」

「……ああ、良かった……」

「とりあえず寝かしとけよ。寝てる間に、済ませちまおう」

オスグッドはスンと鼻を鳴らしてそう言った。

俺もこくこくと頷いて、そっとスズカを砂浜の上に寝かせる。

オスグッドはスー……と息を吸ってから、しみじみと言う。

「サキュバスかぁ…………ちょっと、エロすぎんな」

「……ああ、ほんとにな」

俺が頷くと、オスグッドは俺をじとりと睨みつける。

「あんなん後ろでやられる俺の身になってくれないか」

「ご、ごめん……」

「俺、宿帰ったらすぐに娼館行くからな。ぜってぇ捜すなよ」

「はい……」

恨み言を言い終えて、「さて！」とオスグッドは手元の水筒に目を落とした。

「精液はしっかり出たんだろうな」

言いながら水筒の蓋をくるくると回し、中身を確認して、オスグッドは驚愕の表情を浮かべた。

「お前、なんだこの量は。耽美同人誌でこんな大量射精が描かれてたら『現実味がない』とかいうクソ感想がつくぞ」

「精液で子宮がいっぱいになるわけがない、って投書を見たことがある」

「こんなに出したらいっぱいになっちゃうだろうが!!」

「そんなことはいいんだよ、これを海水で薄めてさ、思い切り撒こうじゃないか」

逸れかけた話題をもとに戻さんとして俺が言うのに、オスグッドは顔をしかめた。

「なんで薄めるんだよ。フェロモンが弱まるかもしれないだろ」

オスグッドの抗議に、俺は彼から水筒を奪い取って、上下さかさまにしてみせる。中身の粘度が高すぎて、なかなか垂れてこなかった。

「うお、『ゼリーみたいなプリプリの精子』だ！　お前耽美同人誌から出て来た同人人間か!?」

「いいから早くやろう」

「んだよ、一人だけ賢者モードになりやがって」

ぶつくさ言いながら、オスグッドは俺とスズカが奮闘している間に作製した投擲用の麻痺矢を手に取った。

俺も、おそるおそる水辺に近寄り、波がより海岸近くに寄せた時を狙って、水筒の中に精液と大体同量の海水を入れた。

蓋を閉めて……思い切り、振る。

この水筒……もう、使えないなぁ……。

「よし、準備はいいか？」

水筒の中を覗き、それがちゃんと液状になっていることを確認して、俺はオスグッドに声をかける。

彼は矢を握っていない方の手で、親指を立てた。

「じゃあ……行くぞ」

俺はごくり、と喉を鳴らして。

助走をつけて、蓋を開けた水筒を持ったまま身体を右に捻る。

次いで、全力で左に身体を捻りながら、右腕に持った水筒を前に突き出す。

バシャ！　と扇状に、俺の精液の混ざった液体が放たれて……。

次の瞬間、海面から、おびただしい数のシマシマスベリナマコが飛び上がった。

「キッッッ」

俺がドン引きしている横で、オスグッドは右手のすべての指の間に挟んでいた投擲矢をすべて放った。

驚くべきことに、それらすべてが、しっかりとナマコに突き刺さった。

波打ち際まで飛んできていたナマコたちは、波にさらわれてまた海の中へ引きずり込まれていったが……麻痺矢の刺さったナマコだけは、矢の刺さった部分が重くなり下向きで落ちて来たため、矢が砂に刺さって、波にはさらわれずにいる。

「完璧だ!!　さすがオスグッド!!」

「ったりめーよ。俺に膝以外の弱点はねぇんだ」

「か、回収しよう……！」

いそいそと砂浜に打ち上がった四匹のナマコを回収し……計五匹のナマコを確保できた。一匹は余ってしまうが……まあ、エーリカにあげればきっと喜ぶだろう。

　エーリカに指示された通り……麻痺矢を抜き取り、まだナマコの身体が麻痺しているうちに、これまたエーリカから持たされた特製の水槽に、海水と一緒に入れて、蓋を閉める。特殊な素材で作られたこの水槽の中に入れられたナマコは、外側のフェロモンを感知することができなくなるらしい。実質、ナマコの獰猛な特性は封印されたといっていい。

　一段落、である。

「よし、じゃあこの水槽は俺が運ぶから……お前はお嬢ちゃんを運んでやりな」

「ああ、そうする。ありがとう」

そうだ、スズカを寝かせたままだった。

慌ててスズカに駆け寄ると……。

「あれ……」

尻尾が、消えていた。

ゆっくりとスズカを抱き上げながら、さりげなく彼女の尾骶骨の辺りを触ってみるが……やはり、尻尾が生えているような感触はない。

「……あの時は、確かにあったはずだ」

俺は首を傾げながら、そっと、彼女を抱えて、宿へと向かった。

宿に帰ってから……スズカは、翌日の朝までまったく起きることはなかった。目が覚めてから、馬車に乗って王都に戻るまでの間も、ずっと、遠くを見つめながらぼーっとしていた。

俺はぽつぽつとオスグッドと雑談をしつつ……スズカの横顔を眺めながら、馬車に揺られていた。

俺は、シマシマスベリナマコの入った水槽(すいそう)を持って、エーリカの工房へと向かった。

スズカにもついてくるか訊(き)いたが……彼女は城に戻ってもぼんやりとしており、「横になって待ってる」と答えて、ベッドにぱたりと倒れ込んでしまった。

無理させても良くないので、今回は俺一人でエーリカのもとへ。

「わっ……シマシマスベリナマコ……！　ほ、本物……！」

工房で水槽を手渡すと、エーリカはあからさまに目を輝かせた。彼女は魔物のこととなると目の色が変わる。

「一匹多く持って帰ってきちゃったから、何事もなく四つの天牙(てんが)が作れたら、一つはエーリカにあげるよ」

俺が言うと、エーリカはバッとこちらを見た。

「いいのぉ!?」

「あ、ああ、もちろん……」

あまりの勢いに、気圧(けお)される。

「や、やったぁ……やった、やった」

小躍りするように軽快なステップを踏みながら、水槽をカウンターの方へ運んでゆくエーリカ。

「なあ」

その背中に、俺は声をかける。

「ん、な、なぁにぃ？」

エーリカはカウンターの上に水槽を置き、首を傾げた。

「どうして、そんなに魔物が好きなんだ？」

俺の質問に、エーリカは何度か、左右に首を傾げた。

「な、なんで……うーん……なんで、だろ～……」

エーリカは、何度も何度も、首を傾げる。

それから、「あ」と声を漏らした。

「い、生きてる、から……かなぁ……」

その言葉に、俺は困惑した。

「生きてるから……？」

「うん。べ、別に、私……魔物だけが好きなわけじゃ、ないよ？」

「生き物が好きなのか？」

「うん、そう。魔物もす、好きだし、植物も、好きだし……家畜だって、う、海の生き物だって……すき」

　そこで言葉を区切って、彼女は何故か照れたように口元を隠す。

「に、人間も……すき」

「そうなのか。でも……一般的には、魔物って……みんな、忌避の対象っていうかさ。人間は、魔物と常に戦っているわけだし」

「そ、それは……うん、そう、だね……」

　エーリカはこくこくと頷く。けれど……何かを考えるように、きょろきょろと視線を動かした。

「で、でもね……？」

　エーリカは、たどたどしい言葉で、ゆっくりと話す。

「人も、ま、魔物も……そのほかの、生き物も……その在り方は、変わんない、よ？　ただ生きてるだけ。だから、みんな、死ぬし、死んだら、何かの素材になるんだよぉ」

　そう言って、エーリカはその言葉を噛みしめるように、にこ、と笑った。

　俺は、その言葉に……なんだか、彼女の心に根付く哲学を見たような気がした。

「そうか……人も、魔物も、それ以外も……変わらない、か」

　彼女の言っている意味を、理解できたとは思わない。きっと彼女は、今までの人生の中で、俺よりもずっと真剣にたくさんの生き物と向き合ってきた。その中で、彼女なりの見解を作り上げてきたのだと思う。そんな経験から染み出した一粒の言葉だけを聞いて、その意味を理解できるはずはない。

けれど……なんだか、彼女のその言葉は……俺の胸にじわりと染み込んでゆくようだったのだ。何が、どう、俺の心に響いたのかはわからない。けれど……とても気にかかって、何か大切なことのような気がした。

「ありがとう、教えてくれて」

俺が礼を言うと、エーリカはじわじわと口角を持ち上げて。

「えへへ」

照れたように、笑った。

「天牙、急いで作るね。で、でも……歯を全部除去するのに、結構、時間かかると、思う」

「わかった。待ってるよ」

「あ、あのね？」

エーリカが小走りで俺の方へ走ってくる。

そして、俺の手をおずおずと引いて、工房の奥の扉を開けた。

「こ、こっち……！」

「うん？」

エーリカは、俺の手を引っ張りながら、工房の裏手へと導く。

「……！」

工房の裏手には……色とりどりの花が植えられた小さな庭があった。

「ま、真ん中はね……なんにも、植えてないんだぁ」

エーリカがもじもじしながら言う。

「なんでだ？」

「えっと……ま、真ん中で……寝っ転がれるように」

「ああ……それは……良いな……」

俺が一面の花を眺めながら頷くと、エーリカはそわそわと身体を揺すってから。

突然、俺の頭を撫でた。

「えっ、エーリカ……？」

「な、なんだか……く、暗い顔してたから……」

「えっ……そうか……？」

「う、うん。いつもと、なんか、表情が違って……し、心配」

エーリカはそう言いながら、何度も、俺の頭を優しく撫でる。

「だから、わ、私が作業してる間は……お、お庭……貸してあげる、ね？」

「……ありがとう、エーリカ」

「う、うん。どういたしまして……そ、それじゃ……！　終わったら、よ、呼びに来るから……！」

エーリカは急に恥ずかしくなったようで、小走りで、工房へと戻っていった。

……気を遣わせてしまった。

少し申し訳ない気持ちになりつつ、エーリカの優しさが胸に染みわたる。そして……彼女は、きっと、俺よりもずっと深く、生き物の有り様を見つめているのだろうなということを、改めて痛感した。

おもむろにエーリカの庭園の中心へと進み、美しい花に囲まれながら、寝転がる。

庭園を囲むように、背の高い木が生えているものの、仰向けになると、まるで窓のように、丸く空が見えた。新緑の窓枠の中に、茜色の空がすっぽりとはまっている。

土の豊かな香りと、花の甘い香りが俺の鼻孔をくすぐった。

今、俺は……生命の渦の中に、寝転がっている。

言葉を交わすことができなくとも、それらに命が宿っていることが、ありありと、わかる。

世界は、こういうものが集まって、できているんだなぁ。

俺は世界を救いたいと思いながら……自分の周りにあるいろいろなものに気づかずに、生きてきたのかもしれない。

「そうか……」

俺は小さく呟いて、目を瞑った。

スズカと出会ってから、俺はもやもやしてばかりだ。そういう気持ちに気づかないふりをしながら、大げさに騒いで、誤魔化している。

彼女といると……なんだか、自分の身体の奥底にある〝何か〟を引き出されるような気がして、落ち着かなかった。

彼女を知りたいと思いながら、近づきたいと思いながら……結局、本気で知ろうとも、本気で近づこうともできないでいるような気がした。

自分の〝根本〟を引き出されるのが怖いのと同じように……彼女の中の何かに触れ、それを犯し、破壊してしまうことも、同じように、こわい。

俺はどうしたらいいのだろうか。

どうすべきなのだろうか。

そんなことを考えながら……長旅の後で、身体はすっかり疲れていて、土と花の香りを嗅いでいるうちに、俺は眠りに就いていた。

＊　＊　＊　＊　＊

『愛すれば、よい』

『愛されれば、よい』

『それだけが、ひとの世を創って』

『余を創ったんだよ』

あなたの、声がした。

＊　＊　＊　＊　＊

「……ベル…………アベル……」

「んん…………ん？」

身体を揺すられる感覚で、目が覚めた。

なんだか……心地よいまどろみの中にいたような気がする。

ゆっくりと瞼を持ち上げると、ぼんやりとエーリカが見えた。彼女の、重力にまったく逆らわない超大なおっぱいが存在感を主張していた。

「……め、めっちゃおっぱい見てる…………」

エーリカが唇を尖らせた。

「目の前にあったから……」

「ほ、ほんとに、す、好きなんだね、おっぱい……」

「おっぱい大好き」

ぼんやりとした頭で、思うままに発言する。なんとなく、彼女はそれを許してくれるとわかっていた。

エーリカはくすりと笑って、言う。

「できたよ、天牙」

「も、もうそんなに時間経(た)ったのか……？」

「うん。よ、四時間くらい。す、すっかり日も暮れちゃったよ」

「ああ……本当だ」

目を瞑っていたからか、さほど辺(あた)りの暗さを感じなかった。工房から漏れる光で、エーリカの姿もしっかり見えている。

「ぐっすり、ね、寝れた……？」

「ああ、おかげさまで。ここ、最高だ」

「えへへ、よ、良かった」

「土と、花の匂(にお)いがした」

「うん、うん……それが、好きなの」

「貸してくれてありがとう」

「ど、どういたしまして……」

照れ臭そうにエーリカは笑って、俺の腕を摑(つか)んで、ぐい、と起こしてくれる。思ったよりも力が強くて、驚いた。

「な、悩み……解決、し、した……？」

「……わからない。でも……ゆっくり、考えられた」

「そ、そっか……良かったぁ」

エーリカは不器用に微笑んで、工房へと歩き出す。俺も、その後に続いた。

工房へ入ると……カウンターに並ぶ珍妙なアイテムに俺は絶句する。

ぶよぶよとしていて、筒のような形をして……なんだか真ん中がくびれている。そして、赤と白の縞模様で塗装されていた。

妙な威圧感を放つそれらが、四つ、等間隔に並んでいる。

「か、書いてあった、通りに、つ、作ったよ……？」

「これが……天牙……」

「こ、これ……ちなみに、全部に、射精する、の……？」

エーリカが訊いてくる。

「そういうことになってるみたいだ」

「えっと、で……す、スズカさんとは、どうなるの……？」

「スズカの中にも、出すみたいだ」

「ご、五回も出すのぉ……!?」

エーリカが大きな声で驚く。それから、おそるおそる、訊いてきた。

「そ、そんなに出る……？」

訊かれて、「あ」と声が漏れる。いつもなら「ヨユー！」と堂々のブイサインを出すところだったが……今日はいつもと状況が違う。

　昨日、シマシマスベリナマコによって抉り取られたオスグッドの膝を回復魔法で治した。あそこまで派手に肉体が損壊するような怪我を治すのには、かなりの魔力を消費してしまう。いくら他の魔術師よりも魔力量が多いと言っても、あの時ばかりは、自分でも感じ取れるほどに魔力を消費したのがわかった。

　そして、その後に……ナマコを捕獲するために、俺はスズカの手伝いによって、大量に射精した。

　普段よりも魔力量の消耗が激しい治療を行った上に、スズカの魅了を受けながら射精してしまったのだ。正直、一日経ったとはいえ五回も射精できるほどの余裕があるかどうかは、怪しいと思った。

「正直、今日はなんとも言えない」

　素直に答えて、エーリカを見る。

「なんか……こう、精力が回復するような薬を作れたりしないか？」

「うん、大丈夫。作らなくても、在庫、あるよ？」

「ええ……？」

　あっさりエーリカが頷いて、俺はぽかんとしてしまう。

「ま、待ってね……」

　エーリカはそそくさとカウンター奥の棚に手を入れて、ごそごそ探る。

「あ、あった、あった……」

エーリカはその中から、二つの小さな瓶を手に取って、俺の前まで戻って来た。

「まず、こっち」

エーリカから、中に緑色の液体が入った小瓶を受け取る。

「こっちは、普通のほう。ア、アベルくんくらい元の魔力が高ければ、これだけでも十分、射精できる回数は安定すると、お、思う……」

エーリカがうんうん、と頷きながら説明してくれる。

「で、こっちが……す、すごく、すごく、強力なほう……」

そう言って、なんだか目を輝かせながらエーリカは中の液体が赤い小瓶を渡してきた。

「きょ、強力っていうのは？」

俺が訊くと、よくぞ訊いてくれました！　とばかりに、エーリカが説明を始める。

「これね、す、すごくてね、射精の勢いがすごくなりすぎて、しゃ、射精した瞬間に男の子も女の子も、互いに反対側の壁に激突するんだって」

「身体の中ぐちゃぐちゃになっちゃうだろ」

そんな危ないもの持たせるな！

赤い小瓶を返そうとすると、エーリカはそれをぐい、と押し返してくる。すごい力だ。

「ま、まあ、まあ……使わなくてもいいから、持っていってよ……。ほら、わ、私は射精できないし……アベルくんが持ってたほうが、何かのときに、使うかも、しれないでしょぉ？」

「射精で人を殺したい時とか？」

「しゃ、射精で人を殺しちゃダメだよ……？」

「うるせえよ、わかってるよ。だからいつ使うんだって」

「す、ストレス溜まった時とか……」

ちょっと強く言いすぎてしまった。しゅんとしてしまうエーリカを見て、俺も断り切れなくなる。まあ……もらっておくだけなら、別にいいか。

「わかった。もらっとくよ」

「の、飲んだら……ど、どれくらいすごかったか、教えてね……？」

「俺のこと実験台にしてない？」

苦笑しながら、ポーチの中に二つの小瓶をしまった。そして、エーリカが用意してくれた編みバスケットの中に、四つの天牙を入れる。

「じゃあ……いろいろありがとう。またな」

扉の前で、エーリカに軽く手を振る。

彼女も、ふるふると手を振り返してくれた。

「うん。……が、がんばってねぇ」

俺は笑い返し、工房を出た。

頑張って……か。

エーリカの言葉を胸の中で反芻して、くすりと笑う。やはり……見透かされているような気がしてならない。

そう。今日は、いつものように流れに身を任せるだけではダメだ。覚悟を決めなければならない。

「頑張るかぁ」

そう呟いて、俺は王城へと歩いた。

＊　＊　＊　＊　＊

王城内の、貸し出された一室——そろそろ、〝俺たちの部屋〟と言ってしまってもいいような気もする——のベッドの上で、俺とスズカは、一糸まとわぬ姿で向かい合っていた。

俺とスズカの間には……四つの天牙が並んでいる。エーリカによって赤と白の縞模様に着色されたそれは、独特のオーラをまとっていた。スズカが言うには、赤と白は江呂島における『祝いと祈り』の色なのだという。

「……体調は平気か？」

黙り込んでいるスズカに訊くと、彼女はこくりと頷く。

「ええ。おかげさまで。帰ってきてからずっと休ませてもらってたから」

「そうか……良かった」

俺は静かに頷いて……音を立てぬよう気を遣いながら、深く、息を吸いこんだ。

「それで……〝サキュバス〟として四十八手を続ける覚悟は、できたのか？」

俺の言葉に、スズカはぴくりと身体を震わせた。そして……驚いたように、こちらを見る。

「……どういう意味？」

「そのままの意味だよ」

俺は、彼女の目を見つめながら、続けた。

「スズカはさ……これまで、別に、自分がサキュバスだと自覚して生きてきたわけじゃないんだろ？」

「……ッ」

スズカの表情に、緊張の色が混ざるのがわかった。その反応が、もはや答えだと思った。

ずっと、もやもやしていた。

リュージュやスズカから〝サキュバス四十八手〟の説明を受けて、なんとなく、するべきこと、その意義を理解していっても……どこか、〝すっきりしない〟引っ掛かりがあった。

その正体に気づけずに、俺は何に悩んでいるのかもわからず、ぐるぐると同じところを回っていたわけだが……。

「だってさ……お前、サキュバスとしての自分のこと、何にも知らないじゃないか」

俺は突きつけるように、言った。

砂浜で、スズカに突如尻尾が生え……それを見て彼女が卒倒したのを見て。それから、目を覚ました後もずっと何かを考えるようにぼーっとしていたところを見て。俺は、ようやく違和感の正体に気がついた。

彼女は、あまりに……自分自身を……〝サキュバス〟という生き物のことを、知らない。俺の前ではそれらしく語ってみせたが……そのどれもが、とても〝自分のこと〟とは思えない、〝他人事〟な説明だったのだ。まるで、誰かにそう聞かされたかのような。

スズカとのやり取りの中で、彼女の〝取り繕わない〟心を感じられたのは……彼女が〝食べ物〟について話した時だ。それから……〝サキュバス〟という要素に関わりのない、他愛のない会話の中だけだ。すぐに照れたり、怒って手が出たり。そういう日常的な部分では彼女の素直な感情を感じられるのに、〝サキュバス〟と〝四十八手〟が絡んだ途端に、彼女のことが遠く感じられる。

それは、きっと……スズカ自身が、彼女の〝サキュバス〟の部分を、受け入れられていないからなのではないかと思った。

「言ってたよな。島では、〝サキュバス四十八手〟なんてものがあるとは知らされず、ただただ、普通の食事を与えられ、巫女の血筋を継ぐ者として大切に育てられたって」

普通のご飯を食べ、エロいことも知らず……自分に尻尾が生えていることも知らない。

角が生えていたとしても……島の住民全員に角が生えていたら、自分が特別な種族だとは思わない。

「だったら、お前は……こんな風に〝サキュバス四十八手〟を完遂しなければならない事情にぶち当たるまで……自分がサキュバスだってこと、知らなかったんじゃないのか？」

なぜスズカがサキュバス四十八手にこだわるのか。なぜ世界を救いたいと言うのか。そして……なぜ、今、このタイミングで、王都までやってきたのか。その理由はわからない。彼女が語りたいと思うまでは、訊く必要もないと思っている。

けれど、今彼女に投げかけている質問だけは、絶対に、答えが欲しかった。

そうでなければ、この先には、進めない。

スズカは瞳を大きく揺らしながら、下唇を噛んでいた。視線がちらちらとベッドシーツの上を泳ぐ。言葉を探しているのが、わかる。

そして……彼女はついに観念したように、ため息をついた。

「……ええ。あんたの、言う通り」

「……やっぱりか」

「あたし……まるで、〝普通の人間〟みたいに、育てられてた。島のことも、島の外のことも……なんにも知らされずに、呑気に生きてた」

スズカは過去を思い出すように、苦々しい表情で語る。

「平和な島なの。海産物がたくさんとれて、特に、シラスが美味しくて。女ばっかりの島だったけど……私にとっては、それも当たり前だった」

リュージュの言うことが確かであれば、江呂島は、長い間サキュバス四十八手により強固な結界を張っており、貿易もせず、侵略も許さない鉄壁の島だった。それゆえに、時代の流れと共に徐々に忘れ去られ……風化した〝伝説〟となった島だ。リュージュの話は、きっとスズカから聞いたものなのだろうから、一旦、俺とスズカの認識は一致していると考えても良いのだろう。

「でも、ある時を境に……島の皆が、次々と倒れ始めたの。あたしを育てた〝家〟の人たちは……島の中で疫病が流行っているとあたしに説明したわ。でも、本当は違った」

「……〝皇子〟の不在、か？」

俺が訊くと、スズカは力なく頷いた。

「ちょっとしたきっかけがあって……あたしは、皆が倒れてゆく理由が、疫病じゃないと知った。皆……本当は、衰弱死してたの。どういうわけか知らないけれど……サキュバス四十八手は、数百年の間、まったく行われていなかった。四十八手をやり遂げた〝皇子〟の精液がなければ、サキュバスは生き残れない」

「どうして、数百年も行われていなかったのに……スズカの代まで皆生き残れたんだ？」

皇子と言っても、ただの人間のはずだ。数百年も生きながらえているはずがない。その、四十八手の行われなかった数百年の間、一体島のサキュバスたちはどうやって栄養を得ていたというのか。スズカの話では、食事で栄養を摂れるのは、巫女の血筋の者だけのはずだった。

「……冷凍精液よ」

スズカの言葉に、俺はハッとする。

「あなたと同じように……四十八手の皇子として認められる人間は……とにかく、絶倫だから。江呂島の象徴、『土着至高天満宮』の地下には、皇子の生きている間に凍結させた精液が貯蔵されていた。島民たちには、それが配られ続けていたの」

「それが……ついに、尽きた」

スズカはこくりと頷く。その瞳には、苦渋の色がありありと浮かんでいた。

「あたしはそんなことも何も知らずに、のうのうと生きていた。あたしが……あたしだけが、皆を救う儀式をすることができる存在だったのに。家の人たちが言う『疫病が流行っているので外へ出てはいけません』だなんて言葉を鵜呑みにして……好きな食べ物を食べて、平和に生きてた」

苦しそうに語るスズカ。

「でも、それは……お前のせいじゃ――」

「あたしのせいじゃなかったら、誰のせいなの!?」

スズカは叫ぶ。

「大好きなみんなを護れないんだったら、あたしが大切に育てられた意味って何？　なんのための巫女の血筋なの？」

スズカは表情を歪ませ、心の中に刺さった棘を、口から吐き出しているようだった。

「あたし……　〝巫女〟が何なのかも知らずに、巫女として生きてたのよ……？　なんとなく、良い家に生まれて、なんとなく大切にされるのが当たり前で、何一つ知ろうとしないで、漠然と裕福に生きてた。その間に、皆、死んでいったのに！」

「でも、それは……誰も、スズカにそのことを教えなかったからで」

「そんなの理由にならないッ！」

スズカは泣き出しそうな声で叫んだ。

「なんにも果たさない人でいたくない……」

スズカはついにぽろぽろと涙を流し始める。

「大好きな人たちを護れる力を持ってるのに、それを使おうともしない人になりたくない……ッ！」

その言葉に、俺の胸は激しく痛んだ。

ああ……そうか。スズカは……俺とは、逆なんだ。

俺は……欲しい力を、持っていなかった。誰かのために戦える人になりたかったのに、俺は自分が欲するその力を、手に入れることができなかった。

スズカは、自分に力があることを、自覚せずに生きてきた。そして……自分の愛しいと思うものを失ってから……自分にはそれを護れる力があったことを、知ったのだ。

心のどこかで、すとん、と。何かが、収まるべきところに収まるような感覚があった。

「じゃあ……スズカはさ」

俺は、言う。

「世界じゃなくて……故郷が救いたいんだな」

俺が言うのに、スズカはひるんだように瞳を揺らす。けれど、すぐに、こくんと頷いた。

「ごめんなさい。世界を救うため、とか……あなたを乗せるような、大仰(おおぎょう)な言葉を使った。あんなの、欺瞞(ぎまん)だった」

「別に、いいんじゃないか」

俺があっけらかんと答えるのに、スズカは驚いたように目を丸くする。

何を驚くことがあるのか。

「お前は故郷を救いたい。俺は、世界を救いたい。国王も、世界を救うことを望んでる」

俺は、一つ一つ並べるように、言った。

「……で、サキュバス四十八手を成し遂げれば、全部、叶(かな)うんだろ？」

ぽかんとした顔で、スズカが俺を見ていた。

「だったら、やればいいんじゃないか？」

「でも……でも、四十八手を終えたら、あなたには江呂島に来てもらわなきゃいけなくなる」

「いいよそれくらい。行く行く」

「し、しこたま精液出してもらわなきゃいけないのよ……？」

「言われなくても毎日七回出してる、一人で」

「な……なにそれ……」

スズカはまたぽろぽろと涙を流しながら、くすりと笑った。

「馬鹿(ばか)じゃないの……？」

「今さらすぎないか？」

「あはは、ほんと、馬鹿……なんなの……」

スズカは可笑しそうに笑いながら、溢れ続ける涙を腕でごしごしとぬぐった。

「じゃ、じゃあ……」

「最後までやるってことで……いいのね？」

スズカがズッ！　と洟を啜ってから、俺を見る。

「ああ、やるよ」

「……わかった」

「ありがとう、話してくれて」

俺が言うと、スズカはほんのりと顔を赤くして、俺から目を逸らした。

「……なんであんたが礼を言うのよ」

「つらい話だったろ？」

「今まで隠してた方が、悪いでしょ」

スズカはバツが悪そうに視線を下に落とす。

スズカが四十八手にこだわる理由は、わかった。それを聞けるのはもっと後になるかと思っていたが、彼女は俺に心を開いて、話してくれた。

でも……一番訊きたいことを、まだ訊けていない。

「なあ、スズカ。素直に答えてほしい」

俺はずい、と彼女に近寄る。スズカは驚いてあとずさりしたけれど、逃がさない。

彼女の両腕を摑み、ベッドに押し倒す。

「ひゃっ！　な、なに!?」

真面目(まじめ)な話のせいでまったく気にならなくなっていたが……俺たちは二人とも裸(はだか)だった。

裸で、顔がくっつきそうな距離で見つめ合う。

「……サキュバスになるの、怖くないか？」

俺が訊くと、スズカの瞳が動揺で大きく揺れた。

やっぱり。

「な、なるも何も……あたしは元からサキュバスだし」

「誤魔化さないで」

スズカの腕を摑んだ手の力をグッ、と強める。

「……自分の尻尾見て気失ったくせに」

「あ、あれは……！　初めて見たからで」

「生(なま)の精液飲んで、我を忘れて……後で呆然(ぼうぜん)としてたくせに」

「だから……その……」

「スズカ」

名前を呼ぶと、彼女はひるんだように言葉を呑(の)んだ。

「……怖いんだろ？」

もう一度訊く。

スズカは、至近距離で、俺の両の目を交互に見て……それから、目を伏せた。

そして……弱々しく、頷く。

「……………こわい。あたしが、あたしじゃなくなるみたいで」

「……そうだよな」

やっと、言葉にしてもらえた。それを聞けて、俺はようやくホッとすることができた。

「でも……四十八手は、完遂したいんだよな？」

「……うん」

スズカは、迷いなく頷いた。

「じゃあ、サキュバスには、ならないとな」

「そんなの、言われなくてもわかって――」

「大丈夫」

「へ？」

スズカは驚いたように口を半開きにした。

「俺、別に……お前がめちゃくちゃになっちゃっても、ちゃんと一緒にやるから。絶対、最後まで一緒にやる」

スズカの目が、大きく見開かれる。

「言ったろ。やるって決めたし、信じると決めた。だから……お前は遠慮せずにサキュバスになっていい。俺も……頑張って、〝皇子〟になるよ」

俺が言い終えると、スズカの目尻にじわ、と涙が溜まった。それから……頬が赤く染まってゆき……。

「痛ったァ!!」

俺の左頬に、バチン！　と衝撃が走る。

「クッサいこと言うからでしょうが!!」

「大事な話だろ!!」

「大事な話っぽく言ってくんのもキモいから!!」

「理不尽だ!!」

ぎゃーぎゃーと互いに喚き散らして……。

それから、同時に、ため息を吐く。

「……やろっか」

スズカが言った。

「ああ、やろう」

俺も頷いて、スズカを抱き起こす。

ベッドに並べられた天牙に目をやる。

スズカは俺よりも先にそのうちの一つを手に取って、ぷよぷよと触った。

「変な感触……」

「まあ、ナマコだしなぁ……」

「……これに、挿れるんでしょ？」

スズカはおそるおそる、俺に訊いた。なんでお前がおそるおそるなんだよ。

「そうだな……俺が、挿れるんだよな」

「で……中で出すんでしょ？」

「ああ、そうだ」

俺が頷くと、スズカは何かを思案するように天牙に視線を注いで……それから、俺の横までそそくさと寄ってくる。

「ど、どうした……？」

スズカの顔が近い。彼女はほんのりと頬を赤く染めながら、俺をじっと見る。

「サキュバス……」

「え？」

「サキュバスになれ、って、言ったでしょ」

スズカはそう言いながら、右手の人差し指で……俺の陰茎を下から上につぅ、と触る。それだけで、下半身がぞくりと震え、たちまち硬くなってゆく。

「なって、いいんでしょ？」

スズカの纏う雰囲気が変わるのを、感じた。彼女から目を逸らすことができない。

「……ちゃんと、面倒見てくれるんでしょ？」

「……ああ、約束だ」

全身に鳥肌が立つのを感じながら、俺は頷いた。

わかる、今、彼女はその体質を解放しようとしてる。本心では怖れているというのに。

それは……俺の言葉を信じてくれた、ということだ。

であれば、俺は、全力で、約束を果たすのみだ。

スズカの口角が、にんまりと上がった。その表情を見て、全身がぞくりと震えた。

「……どうなっても知らないからね?」

その瞬間、スズカの瞳が桃色に光った……ような、気がした。

そして、隣にいる少女は、〝性の化身〟となった。

「ね。こんなの早く終わらせよう?」

サキュバスが色っぽい声で、俺の耳元で囁く。

「お、終わらせるって……?」

「だからぁ……こんなオモチャに注ぐのはさっさと済ませて、あたしに挿れてほしい」

そう囁かれると、今すぐにこの子に自分のものをねじ込みたいという暴力的な衝動が湧き上がる。実際に、身体がそのように動いた。彼女の正面に回り、その両肩を摑もうとする。

「まだダメ」

しかし、彼女が俺のへその上辺りをつん、とつつくと、俺はその場ですとんと脱力した。何が起こっているのかまったくわからない。とにかく、この子を抱きたいのに。

「こっちが先」

言いながら、サキュバスが手に持った天牙を思い切り、俺の陰茎にずぶり、と突き刺した。

その瞬間、陰茎から脳天まで、信じられない快感が駆け抜ける。ぎちぎちの肉に、敏感な部分をすべて一気に擦られるような感覚。腰が抜けそうになった。

「あは、すごい」

サキュバスは蠱惑的に微笑み、また俺の耳元に口を近づける。

「でもこんなのより、あたしの方が絶対きもちいよ」

「い……挿れさせてくれ……ッ」

消え入りそうな声で俺が懇願するのに、スズカは首をゆるゆると横に振る。

「まず、この四つに出さないと♡」

「そ、そんな……ッ」

「簡単でしょ？　出せばいいんだよ？　ほら、早く」

「そんなこと言われても……！」

サキュバスは天牙を俺の竿の根元までねじ込んだだけで、まったく動かそうとはしない。挿入した瞬間の刺激こそものすごいものがあったが、このままでは射精などできるはずが――

「出して♡」

耳元でその声が聞こえた瞬間、身体の奥が震えた。

「うぐっ……あっ……はっ……！」

俺はびゅるびゅるとナマコの奥で射精していた。

突然の射精の快楽で、頭がちかちかする。

「ほら、出たね？　じゃあ、次」

「ぐあっ！」

射精して敏感になっている俺の陰茎から、サキュバスはずぶぶ、と思い切り天牙を引き抜いた。またも、腰が引けてしまうような快楽が身体を走り抜ける。そして、間髪入れずに次の天牙が俺のチ●ポを飲み込む。

「うっ……ぐっ……スズカ……待っ……！」

「出して……？」

「うぐあっ……！」

強制的に、身体が精液を吐き出す。徐々に射精へ向かってゆく感覚がなく、唐突にマックスの快感を与えられて、気が飛びそうだった。

「ほら、頑張って……？　次も行くよ？」

「まっ……待っ……………がぁッ！」

天牙から陰茎が抜き取られ、また、新しいものをぐりぐりとかぶせられる。視界がちかちかする。敏感になりすぎて、もはや気持ち良いのかすらわからないのに、怖いほどに陰茎はガチガチなままだった。

「ほら、びゅー♡」

「くっ……ぐあぁぁッ」

　叫びながら、射精する。

「最後だよ？　出して……？」

　再び、新しい天牙にぶちこまれる。気絶しそうになりながらも……俺は、耳元で囁かれる言葉を、待っていた。

「……射精、して？」

　言葉にならない、低いうめき声のようなものを喉奥から漏らしながら、俺はびゅーびゅーと射精をする。苦しかった。なのに、気持ちがいい。脳みその信号がパニックを起こしている。でも、このサキュバスに従わなければ、と思う。

「よく頑張りました。じゃあ、これ置いてくるから」

　スズカの身体をしたサキュバスはにこりと優しく微笑んで、俺の精液が注がれた天牙を両脇に抱え、部屋の隅へ向かう。その背中と尻も妙に色っぽくて、俺はその背中に駆け寄って、後ろから抱きしめたい欲求に駆られる。けれど、身体が動かなかった。

　サキュバスが部屋の四方に一つずつ天牙を配置していく様子を見て、俺は「あれ？」と思う。

　そうだ、俺は今……何か大事な儀式をしている途中だ。あの〝天牙〟の中に精液を注ぎ入れて、それを部屋の四方に置き……それから、それから、それから。

　どう、するんだったっけか。

　混濁する脳内で必死に思考を巡らせるが、うまくまとまらなかった。

気づけば、サキュバスがベッドの上に戻ってきている。

そして、ゆっくりと俺の前に仰向けで横たわり……ゆっくりと股を開いた。

「面倒なのはもう終わったから……」

彼女の両手が、内腿から鼠径部を通り……そして、股の中心にたどり着く。それから……彼女の秘裂を両側にくぱ、と開いてみせた。

「はやく、きて……？」

俺はがばっ、と起き上がり、サキュバスに覆いかぶさる。

挿れたい、挿れたい、挿れたい！

内なる衝動が止められなかった。

「あ……ッ」

サキュバスの入り口に、俺の竿の先端が当たる。くちゅ、と水音が鳴った。彼女は期待のたっぷり籠もったまなざしで、俺を見る。早く来い、と、誘っている。

俺は衝動に身を任せて……ぐぐ、と腰を押し入れる。

「あ……！　んっ……」

サキュバスは悩ましい声を上げながら……上半身を反らす。

「ん……いっ……痛っ……」

首を左右に振り、なんだか眉間に皺を寄せて。

「いっ……いたっ……いっ……！」

だんだんと怒気を滲ませ。

もうすぐ、もうすぐ、入りそうなんだが……！

あれ……なんだ？　何かが、変だ。

サキュバスは涙目になりながら俺を睨みつけて。

「痛っ……くっ……い、いぃ……いた……痛……………ってぇッ!!!」

「ゴッ！！！！！」

俺の顔面を殴った。

「殴っ……!?　えっ!?　もうすぐ入るのに……えっ!?　ん……!?」

目を白黒させながら俺を殴った女の子を見る。

スズカは、俺に繰り出した拳と、俺の顔を見比べながら、涙目になっていた。

「あ、ご、ごめ……その……あたし……なんか、めちゃくちゃ痛くて……き、気づいたら、手が出てて……ッ」

「スズカ………」

俺はぽつりと呟いて次の瞬間、脱力した。スズカの上に倒れ込むようにして、そのまま彼女を抱きしめる。

「わっ……な、なに……？　ご、ごめんね？　殴って……」

「いい。もう一発くらい食らってもいい」

「え、何……マゾ……？」

「はあ………良かった………」

まるで夢の中にいたようだった。

正常な思考が働かず、ただただ、自分の欲望だけが解放されるような感覚。

目の前の〝スズカの形をした性的な何か〟に、情欲をぶつけることしか、考えられなかった。

俺はすっかり、サキュバスの魅了体質に呑まれてしまっていたようだ。

「あ、あたし……アベルのこと……いじめた？」

スズカがたどたどしく、訊いてきた。

「めっちゃいじめられた……」

「やっぱり、そうなんだ」

「覚えてるのか？」

「うん……なんとなく、私の身体が、勝手に、そうしてるのを……見てる感じ」

「俺も、そんな感じだった」

「でも……」

スズカが言い淀むように言葉を濁らせた。

「でも、何？」

俺が訊くと、彼女は低い唸り声を喉から出したのちに、小さな声で言う。

「すっごい……興奮してた。あたしも。多分……あれは、あたしの気持ちでも、あると思う」

その言葉に……俺は再び、下腹部の奥がふつふつと熱くなるのを感じた。

「やっぱり……サキュバスって……スケベなのかなぁ……？」

不安そうにスズカがそんなことを言うものだから、俺は思わず噴き出した。

「あっはっはっ」

「な、なに笑ってんの⁉」

俺はスズカを抱きしめていた腕をほどいて、身体を起こす。そして正面から彼女を見つめた。

「別にいいだろ、スケベでも」

「はっ？」

「だって、これからまだ四十六回もするんだぞ。スケベじゃねぇとやってらんないって」

俺がそう言うと……スズカも、ぷっ、と噴き出した。

「言われてみたら、そうかも」

「ああ、そうだ」

くすくすと笑って……二人とも、同時に口をつぐんだ。

視線が絡み合う。

「……キスしていいか？」

俺が訊くと、スズカは小さく頷いた。

「うん………して？」

唇を触れ合わせるようなキスを、何度もする。お互いたまに目を薄く開けて、視線が絡み合った。

スズカの唇は、やっぱり、信じられないほど柔らかくて、触れる時も離れる時も、もちりとした感触を与えてくる。キスって、こんなにも興奮するものなのか。

夢中で唇を触れ合わせ続けて……気がつけば、どちらからともなく、口を開いて舌を絡ませていた。お互いに下手くそで、前歯同士がかちかちと当たる。でも、そんなことはどうでもよかった。舌が絡み合い、スズカがゆるく唇を閉じると、俺の舌が吸われるような感じがした。そして、今度はスズカが大きく舌を出し、俺が、それを唇で吸う。

キスをしながら、胸を触る。

「んっ……」

スズカがぴくりと身体を震わせた。

痛くしないように、とにかく、優しく表面を撫で、ときおり、欲に負けて、揉んだ。他の何に例えるのも難しいような、独特な柔らかさに、夢中になる。指を這わせて、先端にある柔らかいとも硬いとも言えない突起に触れた。

「んあっ……」

鼻から抜けるような声で、スズカが喘いだ。俺は彼女の唇を自分の唇で強引に塞ぐ。そして、そのまま乳首を責め続ける。

「んっ……んんっ……んぅ……」

口を塞ぐと、逃げ場のない声が、彼女の鼻の奥から聞こえてくる。そのくぐもった喘ぎ声が、俺をやけに興奮させた。

気がつけば、ぴと、と俺の陰茎が熱く濡れた彼女の秘部に当たっていた。

お互いに、目を開く。そして、唇をゆっくりと離した。

見つめ合いながら、スズカが、ぐ、と腰を前に出したのがわかる。先端が、少しだけ彼女の中に入った。中が熱すぎて、俺は声を上げてしまう。

「もっと、ちゃんと濡らさなくていいのか？」

さっきのように、乱暴にしたくなかった。

俺が訊くのに、スズカはどこか上気した表情でふるふると首を横に振った。

「……欲しい」

かすれた声で、スズカが言う。どくり、と身体の奥底の欲望に火が灯る。

けれど……さっきのような、暴力的なそれとはまるで違うように感じられた。無理やり欲望が解放されるのとは違う。

今は、互いに求め合っているのが、わかった。

「…………きて」

スズカに囁かれて、俺はずず、と腰を前に出す。

「はっ……あっ……」

スズカは口元に手の甲を押し当てるようにしながら、悩ましい声を上げた。

「きついか？」

「ううん……平気。もっと……」

「わかった」

少しずつ、腰を進める。スズカの中は、狭くて、熱くて、柔らかくて……それでいて、なんだかぞりぞりとしていた。

「あっ…………ああっ……んんっ」

スズカは泣きそうな顔をしながら、俺を見た。

「い、痛いか？　痛かったら……んぐっ」

スズカが両手で俺の頭を引き寄せて、唇を押しつけてくる。彼女の方からキスを求めてきたという事実に、胸の奥が熱くなる。

夢中で唇を押しつけ合い、舌を絡め合い……それと同時に、どんどん奥へと、入ってゆく。

「ん……んんっ……はっ……アベル……！」

スズカが涙目で俺を見つめた。ちょっと崩れたその表情が、俺の情欲をくすぐる。

まただ。感じる。俺は今、彼女に魅了されている。

でも、やっぱり、さっきとは違う。

「スズカ……俺……」

「なに……？」

「やっぱり……サキュバスじゃなくて、お前がいい……」

俺がそう言うと、スズカの中が、ぎゅう、と締まった。

彼女はもう一度、俺にキスをする。そして、言った。

「あたしはサキュバスだよ」

「知ってる」

「ちゃんと、あたしのまま、サキュバスでいられるようにするから……」

「ああ」

「だから……ッ」

最後は、スズカがぎゅう、とその腰を、俺に押しつける形で。

俺とスズカは、最奥で繋がった。

二人とも同時に繋がった部分の熱さに、吐息を漏らす。

スズカは、俺の頬を右手で触れて、言った。

「終わるまで……ちゃんと、一緒にいて……？」

彼女の切実な言葉に、俺は胸を締めつけられるような思いになりながら、頷いた。

「当たり前だろ。やり遂げるって約束だ」

「破ったら許さない」

「絶対、破らない」

「うん、絶対」

必要な言葉は、もう交わせたと思った。

彼女は俺を信じてくれた。そして……俺も、彼女を丸ごと抱きしめる覚悟をした。

覚悟したからには、途中で放り投げたりはしない。

そのことを互いに理解したならば。

「はっ……はっ……」

スズカが期待の籠もったまなざしを俺に向ける。彼女が何を求めているのかはもうわかっている。彼女は意図して俺を魅了している。俺も、魅了されていることに気づきながら、もはや、自分の欲望を抑える必要性を感じていなかった。

「あっ……！　はッ……！　あんッ……あぁッ！」

俺が腰を動かし始めると、スズカは、さっきまでよりも大きな声で喘ぎだす。

彼女の中は熱すぎて、引くと外気の涼しさを強く感じて、その分、押し入れると人間の体温の熱さを実感した。

「んっ……んんっ……はぁっ……アッ」

繋がっている部分は、めちゃくちゃだった。熱く湿っていて、ぐちゅぐちゅと淫らな音を立てている。入る時はぞりぞりと刺激してきて、引く時は吸いついてくるようだった。

スズカが狭いのか、俺が太いのか、それとも両方なのか、まったくわからない。一部分が繋がっているだけなのに、まるで身体のすべてが繋がっているように錯覚した。そんな中、さらに欲が出て、俺は身体を前に倒し、彼女の背中に腕を回して、きつく抱きしめた。スズカも、同じように俺の背中に腕を回してくる。そして、また、舌を吸い合うようなキスをした。ゆさゆさと腰を動かしながら、上半身を密着させ、唇を奪い合う。本当に、二人の身体に隙間がなくなってしまったようだった。

どんどんと、快感が高まっているのを感じた。スズカの中はぎゅうぎゅうと締まり、俺のモノも膨らんでいる。

「んっ……んッ……んッ……んんッ！」

唇を重ねたまま、どんどん動きを激しくする。スズカの喉奥から、悲鳴のような声が漏れていた。でも、苦しいわけじゃないのは、なぜか、伝わってきている。

「ぷはっ……はぁッ……あッ……やんッ……あ、アベル……アベル……ッ」

スズカが甘えたような声を出しながら、俺に手を伸ばしてくる。俺もその手を掴み返す。

繋がっている部分が、これでもかというくらい熱く、もうほかに何も入る隙間がないくらいにパンパンで、こするたびに共に気持ちよくなっているのが、互いにわかっていた。

「いっ……くッ……アベル……あた、しッ……イく……イク……ッ」

「はっ……はっ……俺も、スズカ……ッ」

指を絡めるように手を繋いで、互いの体重を引っ張って支えるようにした。俺が動くたびにスズカの胸が上下にぶるぶると揺れる。信じられないほどに淫らな光景だ。蕩けた瞳が、俺を見つめてくる。

ばちばちと音が鳴るほどに腰をぶつかり合わせて、ただただ、二人で、互いが与え合う快楽を貪っていた。

根元から、上ってくる。ぞりぞりと、身体の内側を削るような快感が、下半身から陰茎へ。ただ〝出す〟ために作られた器官を通って、外に出ようとしている。そして、今、俺は〝出す〟ためのものを、女の子の中に突き入れている。

注ぐのだ。一番深くに挿入して、注ぐ。それで、この子を征服するのだ。自分のものにする。所有権を、主張する。そんなシンプルな欲求を満たすことが、最も気持ちの良いことであると、
知っている。

「出す……出すぞ……ッ、スズカ……ッ！」

「あっ……きてっ……アベル、きて……きて……ッ」

乱暴に腰をぶつけ合って、快感の坂を上り詰める。

スズカは、ぎゅう……と俺の手を摑み、膣の中の肉をぎゅるぎゅると動かし、そして上半身
をびくびくと反らしながら、かすれた声で言った。

「出してっ……！」

バチン！　と腰がぶつかり、スズカの一番奥に、俺のモノの先端がぴたりとくっつく。

「あぁッ……！」

ビュッ！　ビュッ！　と音が聞こえそうなほどの勢いで、射精をした。腰を押しつけたまま、
スズカの中にどくどくと注ぎ込む。射精の快感はもとより、スズカの中に〝注ぎ込んでいる〟

という実感が、脳内に快楽物質を分泌させる。

俺の陰茎が中で跳ねるたび、スズカも身体を震わせた。

「あっ……!?　はッ……！　あッあッ!?」

スズカが、たっぷりと涙を溜めた目で俺を見る。

「出……てる……うぅっ！」

スズカの膣肉が、ぎゅうぎゅうと俺を締めつけて……まるで精液を余すところなく搾り取るようだった。

そして、のけぞりながら身体を震わすスズカの下腹部が……じわじわと光り出す。桃色の光と共に、紋様が現れ……それが完全な形になったのと同時に。

部屋の四方に置かれていた天牙が輝きだし……天に向かって桃色の光線が発射された。

俺は目を丸くしながら、その光を眺めていた。そして……俺は何故か、この光が、世界に福音をもたらすと……知っているような気がした。

『ふたつめ』

優しく、愛おしく、懐かしい声が、耳元で聞こえた。

また、身体の中の鍵が、カチリと開くような感覚。一体……これは身体のどこの部位が、どんなふうに解放されているというのか。わからないのに、俺はそれを知っている気がするのだ。

「ん……あ、あれ……」

気を失っていたか……？

自分が今何を考えていたのか、さっぱり思い出せない。

スズカの下腹部の淫紋がじわじわと消えていくのが目に入った。部屋の隅の天牙は、相変わらず桃色の光線を空に放ち続けている。

……これ、夜通し光ってるわけじゃないだろうな。

そんなことを考えている途中で、ハッと俺は息を吸い込む。

「スズカ……スズカ！　第二手、成功したみたいだぞ」

俺と繋がったまま、ベッドでくた、っと脱力しているスズカに声をかけるが、彼女は上の空だった。

「スズカ？」

再び声をかけると、彼女はゆっくりと顔を動かして……とろんと蕩けた目で、俺を見る。

俺と目が合った途端に、彼女の中がきゅっ、と締まった。

「……きもちよかったぁ………」

蕩け切った顔で彼女がそんなことを言うので、俺はドキリとしてしまう。射精したばかりだというのにチ●ポが硬くなる。

……と、そこで俺は重要なことを思い出した。

儀式以外で、スズカとセックスをしてはいけないのだ。破れば俺たち二人とも死んでしまう。

名残惜しさを感じつつも、俺は急いで彼女からチ●ポを引き抜く。

「あ、待って……！」

スズカが切ない声を上げて……。

「わっ!?」

次の瞬間、いつの間にか生えていた彼女の〝尻尾〟が、俺のチ●ポに絡みついた。驚いて俺は声を上げてしまう。

そして、俺の声にスズカも驚き……それから、自分の尻尾に気がつく。

「……は、生えてる……」

前回は驚きすぎて気絶してしまったスズカだったが……今回は目を丸くしながらまじまじと自分の尻尾を見つめていた。

「……多分、皇子の精子を取り込むと、生えちゃうのかもしれない」

「……ああ、そういうことなのか」

確かに……ヌディビの海岸で彼女が尻尾を生やしたのも、俺の精液を誤(あやま)って飲み込んでしまった後であった。

「……あたし、ほんとにサキュバスなんだ」

事実を噛みしめるように、スズカは言った。

俺はなんと言葉をかけたものか迷うが……彼女はすぐに片方の口角を上げてみせた。

「まだまだ、やらなきゃいけないんだもんね。近いうちに尻尾も使いこなしてみせるわ」

気丈(きじょう)にそう言ってのけるスズカ。

俺は、思わず笑ってしまう。

「……スズカは、強いな」

「そう？　普通だと思うけど。そんなに鍛えてるわけでもないし」

「いや、腕力の話じゃなくて」

拳の威力はもう十分なので鍛えないでほしい。

スズカの隣に、寝転ぶ。行為に夢中になっていたせいかびしゃびしゃに汗をかいており、シーツがとても冷たく感じられた。

「あのさぁ、スズカ」

「なに」

「俺、ついさっきまで童貞だったんだけどさぁ」

「なにその反応しづらい話……」

俺は首をひねって、隣のスズカを見つめる。彼女も、おずおずとこちらを見た。

「スズカはどう思ってるかわからないけど……少なくとも俺は、初めての相手がスズカで良かった」

「は……ハァ？？」

スズカは顔を赤くしながら目を泳がせた。

「なんか……あんたって急に恥ずかしいこと言う」

「俺だって恥ずかしいけどさぁ……こういうのはちゃんと言っときたくて」

「…………」

俺の言葉に、彼女は何か言おうとしては口を閉じ、唸るのを繰り返した。

「……まあ、つまりだな」

　俺は、言葉を選びながら、言った。

「俺は俺で、スズカとこういうことをするのを楽しむからさ。スズカも……楽しんでくれたら嬉しい」

「た、楽しむ……？」

　驚いたようにスズカが声を上げる。俺は頷いた。

「だって、どうせやらなきゃいけないんだろ。だったら……少しでも楽しい方がいいと思わないか？」

「……か、考えたこともなかった……」

「話し合って解決できることは、ちゃんと話し合おう。ムカついたら殴ってもいい。だから、心を殺して、我慢することだけはしないでほしい」

　俺が真剣に言うのに、スズカは困惑したように視線を揺らす。

「……なんで、そんなに親身になるわけ？　こんな、会ったばっかりの、あたしにさ……」

なんで、と訊かれても。特に大きな理由があるわけじゃない。強いて言うなら……。

「そりゃあ……これから何度も抱く女の子なんだから。大事にして当たり前だろ」

　俺の答えに、スズカは顔をボッと赤くした。

「だから……！　そういうのが……！」

そこで彼女の言葉が止まる。それから、顔を赤くしたまま彼女は押し黙る。

そして、小さな声で呟く。

「あたしだって…………」

「なに？」

「その……だから……！」

彼女は視線を慌ただしくうろつかせたのちに。

「お、おやすみ!!!」

「ええ……!?」

ベッドを飛び降り、とんでもないスピードで服を着て、部屋を飛び出してゆく。

「ちょ、待……！」

スズカを追おうとベッドから立ち上がろうとして……結局、それは叶わなかった。

身体を起こすためにグッと腹筋に力を入れたものの、途中でふっと全身の力が抜けてしまう。

「あ……やべ……」

ベッドがぎしぎしと揺れて……俺は一人で天井を見つめていた。

「身体……動かね～……」

また俺は、すっかり〝すべて〟を出し尽くしてしまったようだ。事前にエーリカからもらった精力剤を飲んでいたとはいえ……今回もあまりに過酷な射精だった。

疲労というのは、気づいてしまった途端に牙を剝いてくる。

俺は途方もない、かつ、なんだか甘やかな疲労感に身を任せて……目を瞑り、意識を手放した。

＊　＊　＊　＊　＊

バルコニーから空を見上げる。

桃色の光が四本、〝彼ら〟に貸し出した部屋から天に向かって伸びていた。

「天牙……ですか」

私は小さく呟いて、足早にバルコニーから室内へ入る。そして、その足で王の間へと向かった。

「第二手を終えたようです」

私が報告をするのに、国王は微笑む。

「ワシも先ほど、窓から見ておったわい。ありゃあ、やはり神の御業にしか思えぬ」

「………」

確かに、人間とサキュバスが性行為をし、その結果、あのような光線が天に伸びるとは思いもよらなかった。人間の積み重ねてきた魔術や技術とは一線を画す何かが起こっている。

「それに、王都におわす〝アヘナ神〟の権能にも、あのような桃色の御柱を立てるといったようなものはない」

「……ええ」

私は努めて表情を殺しながら、おもむろに頷く。

この世界に、神は、いらっしゃる。

その存在を確かめる方法はない。実際にお姿を〝見た〟者もいない。しかし、土地に根付き、それを護る神の存在を、我々は信じていた。

お姿が見えなくとも、ごく稀に、神々の存在を我々が感じられる機会がある。それは、神の〝権能〟が発動した時である。

歴史の中においては、たびたび、人間が〝不可思議な力〟によって助けられたことがあるのだ。特に顕著だったのは十年前の『王都決戦』である。各地で魔族との戦線を維持し続けていたにも拘わらず、どこからともなく魔族が戦線を掻い潜り、少数の精鋭のみで王都へ侵攻してきた。魔族が城門の突破を試みた際……突如として、王都アセナルクスの守護神であるアヘナ神の権能が発動した。そのおかげで、魔族たちの苛烈な攻撃に対し、城門はおろか、城壁にすら、傷一つつけられることはなかったのである。神話の中でも『鉄壁無敗の女神』と称される守護神の御業により、王都は危機を免れることとなった。

このように……神は気まぐれに人間の窮地を救ってくださることもあるが、基本、人間の世界には干渉してこない存在だ。

唯一、人間が神と繋がれる手段は……各都市に存在する〝神託の巫女〟を介してのコミュニケーションである。神託の巫女は……年に一度、儀式によって神の御声を聴くことができる。そして、彼女たちを介して神からの御言葉を聞き、人間たちは政の参考とするのだ。さらに……神託の巫女には、神の権能の極一部を与えられると言われている。それを発現させた巫女も、未だ発現させていない巫女もいるが……アセナルクスの神託の巫女は後者である。

繰り返すが、神は、いらっしゃる。

しかし……頼ることもできない。神託の巫女が神の権能を発現できていない我が国アセナルクスは、大陸最大の王都といえど……いわゆる〝奇跡の力〟を持たない。そして、次またあのような奇襲があった際に、アヘナ様が介入してくださるかどうかも、その時にならなければわからない。

そういう状況を鑑みて、勇者パーティーを主軸とした魔族への対策を続けてきたというのに……今度は、〝サキュバス四十八手〟に頼るというのだ。藁にも縋る思い、というのはこのことである。任務を推し進める身でありながら……情けないこと、この上ない。

「あれは、我々の知らぬ神の御業である。……そこに賭ける価値はあると思うが、おぬしはどうかね」

国王に尋ねられ、私は奥歯を噛みしめる。

「……福音が本当にもたらされるかどうかに、よるかと」

「ふぉふぉ、じゃが、結局あの温泉も大変ありがたきものだったではないか」

「ええ、今のところは」

第一手の直後湧き上がった温泉は、のちに泉質を調べると……解毒と解呪の力を持った、治癒の温泉であることがわかった。ギスカデ山脈という過酷な地域にあのような温泉が湧き上がったのは、冒険者たちにとって僥倖であった。福音、と言っても差し支えないとは思うが……まだ、偶然の可能性だって、ある。

私が返事を濁していると、王の間の扉がノックされた。そして、伝令係が飛び込んでくる。

「報告します！　東西南北の四地方で続いていた局地的な大雨が、突然上がったとの報告がありました……！　実に二年ぶりの天候変化です。これで、復興を進められるかもしれません！」

その言葉を聞いて、私は息を呑んだ。

「そうか、下がって良いぞ」

朗らかに国王が言い、伝令係が出て行くと……王は私を優しいまなざしで見つめる。

「……リュージュ、ワシはおぬしを高く買っておる。上手くワシを操縦し、国の多くを改善してくれた。しかしなぁ……」

国王の眼光が鋭くなった。私の心臓が、素手で直接掴まれたかのように痛んだ。

「私情を挟みすぎてはいかんぞ。国の長は……やるべき時に、やるべきことをやらねばならぬのだ」

国王の口調は、相変わらず柔らかい。しかし……いつもよりも、明確に〝お叱り〟を受けたのだと、私はわかっている。

「……しかと、心得ました」

私が深く頭を下げるのに、国王はうんうん、と鷹揚に頷く。

「わかればよいのじゃ。ここまでくれば、サキュバス四十八手は最重要任務と言っても差し支えない。支援を惜しまず続けるように」

「仰せの通りに」

「では、ワシは眠る。おぬしも仕事ばかりではいかんぞ」

「はっ」

国王がよちよちと歩いて退室されるのを見届け……私も、王の間を出る。

カツカツと大きく靴音を鳴らしながら歩く。怒りを隠しもせず、わざとヒールの踵で大きな音を立てながら歩いた。

「……セックスで世界を救うなど、馬鹿馬鹿しい。それでは一体、冒険者たちが今までやってきたことは、なんだったのですか……」

国政とは、〝積み上げる〟ものだ。歴史を紐解き、時勢の流れを読み、民の声を聴き……思慮を重ね、行ってゆくものではないのか。

それを、突如現れた〝サキュバス〟の言葉を受け入れ、古ぼけた儀式によって、世界を救おうとするなど、馬鹿馬鹿しいにもほどがある。

そして……私をこれほどまでに苛立たせ、困惑させているのは……〝思うように結果が出てしまっている〟という状況だ。

国王は……コネクションの形成と、〝チャンスを逃さない〟才覚でのし上がってきた人物だ。

王のそういった部分での慧眼を私は疑わない。近くで何度も、その采配の素晴らしさを見せつけられてきた。で、あるからこそ……王が〝サキュバス四十八手〟を実行に移すと言い出した時、私は初めて彼を疑った。

どうせ上手くいくはずはない。上手くいかなければ早期に中断すればよい。そう思っていた。しかし……もはや中断などできる状況ではなくなった。

今のところ、確実に、福音はもたらされている。そして、あの儀式には……アベルの命が懸かっている。六カ月以内に儀式を終えなければ命を落とす……などという話も、最初は半信半疑であったが、こうして実際に〝福音〟がもたらされ始めたところを見てしまうと、簡単に否定はできなくなってしまった。

そして一番の問題は……誰も、自分たちが〝何をしているのか〟わかっていないという点だ。〝私ですら〟、サキュバス四十八手などという儀式を耳にしたことがない。本当にそんなものが存在するのならば……私がそれを知らないなんてこと、あり得るのだろうか？

先ほど国王が言ったように……あれは、〝我々の知らぬ神〟による、特別な力が働いているとしか思えない。

儀式を終えたら何が起こるのかもわからない。そして、その儀式を、〝どんな神に向けて〟行っているのかも、わからない。こんな実態の知れないものに賭けるというのか？　言葉通り……博打でしかないではないか。

国を憂う気持ちと同じくらい私は別のことを心配している。国王には、それを見抜かれた。

しかし……そう簡単に切り離せるはずが、ない。

「……アベル」

私は小さく呟いた。

「あなたは……こんなことに使われるべきじゃない……ッ」

私は、彼の母から、彼を〝任された〟のだ。

それに……そんなことは関係ないくらいに……彼を、愛している。

こんな得体の知れない儀式で彼を失うことなど、あってはならない。

苛立ちと、困惑と、焦燥。

様々な感情が胸の中で渦巻いて……不快だった。

《第三手　シガラミ》

○条件

・皇子が徹底的に巫女を組み敷き、所有権を主張するため、『出威流怒』で巫女を絶頂させ、そのまま皇子の肉棒で巫女を絶頂させつづけたまま射精する。

・体位は指定された通りに行う。

・〝第三の淫紋〟が発動し、巫女は皇子に忠誠を誓う。

「ま～たなんか作るんか!!」

俺は思わず大声を上げた。第三手にして、半ばうんざりしている。

スズカが巻物を閉じながら俺を睨んだ。

「仕方ないでしょ。書かれた通りにやるしかないのよ」

「正論言うな！　わかってんだそれくらい！」

プリプリと怒る俺を横目に見ながら、スズカは呆れたようにため息を吐いた。

第二手を終えて昨日の今日だったが、今回はリュージュが魔力増強剤を事前に用意しておいてくれたので、なんとか翌日も起き上がることができていた。

俺たちにはあまり時間がない。四十八もの儀式を終わらせるためには、完全な休日はなるべく削りたいものだった。半年というのは、思うよりも短い。

「しかも魔物の素材でだろ、どうせ！」

俺が言うのに、スズカも当然のように頷く。

「ええ。エーリカに話を聞くべきね」

「じゃあもうさっさと行こう！　ったくムカつくぜ……」

「ゴネながら行動早いのなんかキモい」

さっさと王城を出て、エーリカのもとへ向かう。時間がないのなら、〝とにかく手をつける〟のが大事だ。始めてしまえば、どうとでもなる。

隣を歩くスズカに訊く。

「朝飯、もう食ったのか？」

「いいえ、今日は食べてない」

「平気なのか」

「…………ええ」

スズカが妙な間を開けたので、俺は気になって彼女の方を見た。なんか、顔を赤くしている。

「え、何？」

「別に」

「なんだよ」

「あんたわかってて訊いてない？」

スズカに問われて、俺はぽかんとする。

「なにが……？」

本当に、心当たりがなかった。

スズカは「あーもう！」と声を上げる。そして、ぼそぼそと言った。

「だから……昨日あんだけ注がれたんだから、別に朝から食べなくても平気よ」

「…………」

コッドピースの中で、むくむくとおちんちん君が膨らむのがわかった。

「勃起すんな」

「し、してねぇし」

「勃起した顔してるもん」

「勃起した顔って何？？」

やいのやいの言いながら、エーリカの工房を目指す。

なんだか……スズカが隣を歩いていることにも、慣れてきた気がした。そして、なんだか、それが嬉しかった。

＊　＊　＊　＊

「でぃるど…………」

「と、読むらしい」

「な、なるほどぉ……」

いつものごとく、エーリカにメモを渡すと……彼女は眉に皺を寄せた。

「素材自体、は、い、一個だけ……」

「そうなのか！　案外ラクにとれたり……？」

俺が訊くと、エーリカは暗い顔のまま、ふるふると首を横に振った。

「……ひ、必要な素材は、え、エレクトザウルスの陰茎」

「エレクトザウルス………」

俺も、思わず表情を曇らせた。

エレクトザウルスは、身体が大きく、かつ、獰猛な魔物だ。そして、より強力な個体とのみ繁殖をするため、エレクトザウルスの雌の性器はとても〝深い〟。陰茎を巨大にする力を蓄えられなかった個体は弱者として淘汰される生態系だ。エレクトザウルスの雌雄の交尾は非常に激しく、耽美同人誌界隈ではマニア的な人気があったりする。雌が雄の陰茎をより巨大にするためにフェラチオをするという特性も相まって、エレクトザウルスの雌はマニアの間では〝フェラチオザウルス〟と呼ばれたりもして……。

いや、そんなことはどうでもいい。

問題は、エレクトザウルスが今までの魔物よりも、非常に強力だということだ。

「骨の折れる相手だな……」

俺が言うのに、エーリカはこくこくと頷いた。

「そ、それに……無事、い、陰茎を採れたとして」

エーリカはメモに目を走らせながらううん、と唸った。

「『血が抜けないように』、も、持って帰ってきてもらわないと、い、いけない……」

「血が抜けないように……？」

「う、うん。ほら……チ●ポは、か、海綿体だから……血が抜けちゃうと、か、硬くならなくて……」

未だにエーリカがなんの抵抗もなく「チ●ポ」と言うたびに、俺のおちんちんはぴくりと反応してしまう。

エーリカは、真剣な表情で説明を続けた。

つまるところ。

エレクトザウルスの海綿体は膨張率が高く、血液が抜ける前にアイテムとして加工できれば、特殊な電流を流すことで膨張させたり震えさせたりできるものが作れるらしい。それが、出威流怒だ。今回はそれを使って第三手を行うということだ。

一通りの説明を聞いて、スズカが「えっ！」と声を上げる。

「……あたし、恐竜のちんちん挿れられるってこと？」

「そ、そうなんじゃないかなぁ……」

「イヤだぁ……」

スズカが泣きそうな顔をする。……が、俺の胸には意地悪い気持ちがむくむくと湧き上がっていた。

「できるよな？　故郷のためだもんな？」

俺が訊くと、スズカは一瞬屈辱の表情を浮かべたのちに……俺をキッ！　と睨みつけた。

そして、くわっと大口を開けて言った。

「できるわよッ!!」

＊　＊　＊　＊

「で、また、俺かぁ……」

うんざりした顔で俺とスズカを見るオスグッド。

やはり、こういう時に頼れるのは彼になってしまう。

「お前の顔を見ると膝が痛むんだよなぁ……」

「俺もオスグッドの顔を見ると膝がヒュッてなるよ」

ナマコに抉られた彼の膝のことを思い出し、俺はぶるぶる、と身体を震わせた。

「ま、前回よりは遠くもねぇ場所だし、サクッと素材回収して帰りてぇな。で、今回は何から採取するんだ？」

オスグッドが訊くのに、俺は少し緊張感を滲ませながら答えた。

「エレクトザウルス……からだ」

俺が答えると、オスグッドは眉をひそめた。

「エレクトザウルス……なるほど……」

彼は低い声でそう言い、小さく唸る。

やはり、オスグッドほどの冒険者であっても、エレクトザウルスが相手では難儀してしまうということだ。

俺はそう思ったが……事は、そうシンプルではなかった。

「もとより凶暴な魔物だが……最近は特にタチが悪い」

オスグッドの言葉に、俺は「えっ」と間抜けな声を漏らす。

「理由はわからないが……エレクトザウルスはこの頃特に、気性が荒くなっている。冒険者ギルドが認識しているナワバリよりも広い範囲に出没して……冒険者たちを殺して回っている」

「そ、そんな……」

「こういうことが起こる時のパターンは、大体一つだ」

オスグッドがそう言うのに、俺も冷や汗を垂らしながら頷く。

「……突然変異」

俺が呟くのに、オスグッドはおもむろに首を縦に振った。

稀に……地殻変動や、生態系の変化など……魔物に大きなストレスを与える環境変化が起こると、それに反応するように、突然変異を起こす魔物がいる。そして、変異し凶暴化した魔物が、付近の生態系をさらに変化させ、多くの魔物が凶暴化する。

「エレクトザウルスは、今まさに凶暴化の一途をたどっている魔物だ。あまりにタイミングが悪い」

オスグッドはそう言ってため息を吐く。

「……けど、そうは言っても」

「わかってる。やるしかないんだろ？　国からの依頼で、しかも、世界の命運が懸かってるときたら、俺だって断れるわけもない」

彼はやれやれと肩をすくめて苦笑した。

「ま、つまり。それなりの覚悟が必要ってこった。ナマコを捕まえるのとはわけが違う」

オスグッドはそう言ってから、自分の膝を指さした。

「その〝ナマコを捕まえる〟って任務でだって、俺は大怪我した。今回トチったら大怪我じゃすまないかもしれないってこと」

「……巻き込んですまない」

俺は深く頭を下げる。

「馬鹿野郎、誰が謝れっつったよ」

オスグッドは俺の頭をがしがしと乱暴に撫でる。

「お前はスズカ嬢を命懸けで守れ。俺は、依頼の通りに、エレクトザウルスから素材を採る」

「悪いな。頼りにさせてもらう」

「んで？　今回は何を採取すればいいんだよ」

「それが……陰茎なんだ」

「陰茎!?」

オスグッドは叫びながら、ちょっとだけ内股になる。

「そう。しかも生きたまま切る」

「生きたまま陰茎を!?」

「血が抜ける前に、この容器に入れて、持ち帰る」

俺が小脇に抱えた、エーリカ特製容器をポンポンと叩くと……オスグッドは完全に内股になりながら、悲しそうな顔をした。

「チ●ポを生きたまま切られるなんて……いや、こう……魔物ながら……可哀想に」

それには俺も同感である。

しかし……世界のためだ。

＊　＊　＊　＊

先に準備と軽い食事を済ませたのちに、俺たちはエレクトザウルスの生息地へと向かった。

王都より東の方向へ、馬車で四、五時間ほど。朝一番に集合したこともあり、昼過ぎには近くの宿場町に到着できた。ナマコを採りに行った時よりもかなり近い場所で、助かった。

が……やはり、オスグッドから聞いていた通り、現地はひどい有り様だった。

宿場町も閑散としており、ほとんどの建物に人がいない。魔物が活発化すると、こういった、防壁などを作ることもできない小さな町は人が住めるような環境ではなくなってしまう。

惨憺たる有り様の町を歩いていると……付近の森から、魔物の大きな鳴き声が聞こえた。その咆哮の音圧で、俺とオスグッドは多くを察する。

「……やはり、変異体がいる」

聞こえてきた咆哮は、太く、大きく……俺たちの探す〝エレクトザウルス〟の発するそれとはまるで違っていた。エレクトザウルス自体も身体の大きな魔物ではあるが……どう見ても、それより一回りも二回りも大きい魔物の発する声だとわかった。

移動中は気さくに談笑を続けていたオスグッドだが、彼の放つ空気が変わった。

「……気を引き締めろ」

俺とスズカを交互に見て、オスグッドは言った。

「……ああ」

俺は頷き、スズカを見る。

「絶対に、俺から離れるな」

「……わかった」

スズカも緊張の色を滲ませながら、頷いた。

……本当は、こんなところにスズカを連れてきたくはなかった。しかし、サキュバス四十八手には〝二日以上皇子と巫女が離れることを禁じる〟という制約がある。このように半日を要する移動がある素材採取で、何かイレギュラーな出来事が起こり、数日王城に帰れないようなことがあれば……その時点で、俺とスズカは命を落としてしまうのだ。

危険であっても、彼女を常(つね)に連れて歩くほかない。これは推測(すいそく)でしかないが……そういった〝苦楽を共にする〟というようなことも、儀式の一部なのかもしれない。

俺たちは緊張感を高めながら……エレクトザウルスの棲息(せいそく)する森の中へと、足を踏み入れたのだった。

数十分も歩くと、まだ日の高い時間帯だというのに、鬱蒼と茂る木々に日光が遮られ、どんどんと視界が悪くなっていった。

なるべく物音を立てぬようにして歩き続けるのは、体力が要る。常に周辺を警戒しながら歩くので、会話らしい会話もない。俺たちはじりじりと精神力を削り取られていた。

「止まれ」

突然、オスグッドが言った。そして、俺とスズカに人差し指を立てて、唇につけるジェスチャーをした。

黙って、耳をそばだてる。

「…………！」

森の奥から、火が燃え上がるような轟音。

そして、複数の人間の足音……さらに、魔物が唸る声が聞こえた。

「冒険者がいる」

オスグッドは静かにそう言って、今までよりも歩調を速めた。俺とスズカもそれに続く。

冒険者のパーティーがいるのであれば、それに合流できればこれほど良いことはない。そして、戦闘の相手がエレクトザウルスなのであれば、俺たちにとってはより都合が良い。

物音のする方向へ、とにかく急ぐ。木々の間を走り、背の高い草木をかき分け……俺たちはついに、そこへ到達した。

視界が開けた瞬間、目の前で、巨大な火球が炸裂した。俺は、この魔法を見たことがある。

「エリオット!!!」

〝黒魔術師〟のヒルダが叫ぶのと同時に、駆けだす人影。白銀の鎧を身にまとい、暗い中でも輝いて見える白刃を振りかぶり……〝勇者エリオット〟は跳躍していた。

「はぁッ!!!」

エリオットが巨大な魔物に斬りかかる。しかし……彼の剣はあえなく、魔物の尻尾に弾かれた。

「ちっ……!」

エリオットは舌打ちしてから、森の奥へと叫んだ。

「トゥルカ!!」

魔物の後方で、何かがキラリと光る。そして……それが〝矢〟だと認識できた瞬間に、魔物の脚の腱に突き刺さった。……かのように、思われた。魔物は、すんでのところで脚を外側に反らし、それを回避していた。

「やはり背後からもダメか……!」

パーティーの〝盾戦士〟であるジルは、悔しそうに奥歯を噛んだ。

巨大な魔物と戦闘をしていたのは……勇者パーティーだった。強力なパーティーと出会ったこと自体には驚喜したものの……。

彼らが対峙している魔物を見て、俺たちは狼狽した。

「…………なんだ……あれは……ッ！」

隣で、オスグッドが驚愕の声を上げた。

確かにそれは、エレクトザウルスのようだった。身体の形や立ち方……そして特徴的な長い尻尾と、大きな陰茎。それらは俺たちの知る〝エレクトザウルス〟の在り方と一致している。しかし……。

身体が、デカすぎる。遠くで聞こえた咆哮からも覚悟はしていたものの……それでも、想定よりも大きな身体を持つその魔物に、圧倒される。

そして……異様なのは、その〝頭〟だった。

本来、エレクトザウルスの目玉は、二つ、左右についているのみだ。しかし……目の前の巨大なエレクトザウルスの頭には……ぎょろぎょろと〝四つ〟の目玉がついていた。そして一つ一つが独立しているように黒目を動かし、周囲に視線をうろつかせている。おそらく……あのエレクトザウルスは……前後左右、すべてを視界に収めている。二足歩行の形をとる竜系魔族で、あんなものは見たことがない。

攻撃を浴びせ合い、エレクトザウルスと勇者パーティーは間合いを取るように静止していた。どちらかが動けば、もう片方もそれに応戦する構え。戦闘状態特有の緊張感が漂っている。

「……アベル？　それに、オスグッド……？」

トゥルカが、俺たちに気づいた。その声に反応するようにエリオットがこちらを振り向いた瞬間……エレクトザウルスは咆哮を上げ、エリオットに飛びかかる。

た。

「ぐっ……！」

鋭利な爪がエリオットを襲うが、彼はすんでのところでそれを剣で受け止め、攻撃をいなし
再び、ジル、エリオット、そしてヒルダは連携を取りエレクトザウルスと戦い始めるが、後方にいたトゥルカが俺たちの方へ駆け寄ってきた。

「どうしてこんなところに!?」

トゥルカが緊迫した表情で尋ねてくるのに、俺も対応する。

「この前話した、極秘任務でここに来た。お前たちは？」

「私たちも、このエレクトザウルスの変異種の討伐依頼を受けて来たの。極秘任務っていうのは……あのエレクトザウルスに関係するもの？」

「いや……厳密には違う。エレクトザウルスであればなんでもいいんだが……あんなバケモノがここにいるんじゃ、他のエレクトザウルスを探すのは難しい」

どう見ても、あれは生態系を破壊するものだ。エレクトザウルスの棲息範囲が広がり、この辺りの町が破壊されていた理由もわかる。強大な個体からは、逃れるしかないのだ。

「つまり……アベルたちもあれを倒さないといけないってこと？」

「……それも、厳密には違う。素材を持ち帰らないといけないんだ」

「素材？　それは何？」

手短な情報交換。トゥルカも後方支援職とはいえ、俺との会話で長々とは話せない。端的な

質問のみでやりとりをする。

「陰茎だ」

「いん…………えっ!?」

淡々とやり取りを進めていたはずが、トゥルカは仰天したように目を見開いた。

「それって……ち……」

「そうだチ●ポだ」

「なんでそんなものを!?」

「今それを説明してる時間があるのか?」

俺が真剣に訊くと、トゥルカは我に返ったように、息を呑む。そして、簡潔に訊いた。

「……つまり、共闘ってことでいいのね?」

「そうなる。ただ……苦戦してるんだよな?」

「……うん。今のところ突破口は見えてない。それに……エリナが気絶してる」

「エリナ……?」

「あなたの代わりに来た聖魔術師!」

トゥルカは言いながら、少し離れた木の陰の方を見た。そこには白い外套を羽織ったまま横たわる女性がいる。

「……怪我は?」

「吹き飛ばされて、頭を強打して……気絶してる。状況は正直わからない」

「わかった。俺が回復させる。傷は癒やせるけど、気絶状態から目を覚ませるかどうかは本人の気力次第だ」

俺は倒れた女性がいる方向に歩き出しながらオスグッドの方へ振り返る。

「少なくともあのデカブツの体力を削らないことには俺たちの任務も達成できない。オスグッドは勇者パーティーに加勢してくれ」

「了解」

「スズカは俺についてこい」

「わ、わかった」

トゥルカが困惑したようにスズカを見る。

「あ、あの……その子は？」

「今説明してる時間はないッ!!」

トゥルカは深く息を吸いこんで、頷く。俺は怒鳴った。怒っているわけでもないのに怒鳴るのは申し訳ないが……一刻も争う事態の時は、こうして強制的に余計な話題を打ち切るのが最も手っ取り早いと、俺も、トゥルカも理解している。

「お互いの仕事を果たそう」

俺はそう言い、スズカがついてきているのを横目に確認しながら、エリナと呼ばれた聖魔術師のもとへと走る。オスグッドも、勇者パーティーたちのもとへ全速力で向かい、加勢していた。

エリナの頭を軽く持ち上げ、前頭部から側頭部、そして後頭部にかけてよく見る。奇跡的に、外傷はない。あの巨体に吹き飛ばされ頭部をぶつけたのであれば……常人ならどこかの皮膚がぱっくり割れていてもおかしくないが……おそらく、防御呪文で衝撃を軽減したか、身体の硬度を高める魔法を事前に使っていたか……とにかく、俺にはできない方法で身を護ったということだ。さすが、勇者パーティーに配属される聖魔術師だ。

頭のすべてをぺたぺたと触り、腫れのある部分を探す。後頭部だ。綺麗に真正面から攻撃を受けたのか。

「ふー…………」

深く息を吐き、止め、そして、吸う。肺を膨らませるように目いっぱい吸いこんだ空気を、もう一度、吐く。

イメージだ。

溜め込んだものを、出す。触れたものを、自分の一部として、考える。俺の中にある魔力が、触れた先に流れ込み、そして、また戻ってくる。いのちは循環している。

触れているエリナの後頭部の腫れが引いていくのがわかる。意識を繊細に、彼女の後頭部の皮膚、そして頭蓋骨……さらに、その奥、脳にまで向ける。血液の脈動を感じた。とくんとくんと、一定のリズムが伝わってくる。

「……大丈夫だ」

俺は聖魔術の行使をやめ、再び彼女を木陰に横たえる。〝頭〟という部位は、処置が遅いと命に関わる。しかし、やはり彼女はきちんと身を守っていた。頭蓋骨や脳には異常は感じられない。脳震盪で気絶しただけだったようだ。

「終わったの？」

スズカが隣で不安げにこちらを見ている。

「ああ。大事ない。ただ……彼女はもうあまり魔力を残していないな。少しここで寝ていた方が体力的にも精神的にも回復できていいだろ」

「起こさないってこと？」

「ああ、自然に起きるまで」

「そ、そんな悠長なことでいいわけ？」

焦ったようにスズカが言うが、俺は静かに頷く。

「人員が多けりゃいいってもんじゃないんだ、こういうのは。役割がないメンバーは、休んだり、隠れたりしたほうが、最終的には有利を得られる」

俺の言葉に、スズカは何度もぱちぱちと瞬きをした。そして、言う。

「あ、あんたって……ほんとに冒険者なのね」

「実は、そうなんだよ」

頷いて、俺は立ち上がる。

そして、戦闘を続けるエリオットたちを見た。やはり、どうにも苦戦している。

暴力の塊。そう呼ぶに相応しい暴れぶりのエレクトザウルス。あの魔物が強力である理由は、〝全身の筋肉の硬さ〟にある。エリオットのような手練れであっても……隙をついて渾身の一太刀を浴びせることができなければ、その筋肉を断つことはできない。本来であれば筋肉の重さから動きが鈍重なエレクトザウルスの隙を突くことは容易であり、あの魔物から重い一撃を食らわないよう立ち回ることが攻略の肝となるのだが……。この個体に関しては普通のエレクトザウルスとは一線を画している。

あれだけの巨体を維持しながら、動きは素早く、そして……視界があまりに広い。現状、勇者パーティーの〝すべての〟攻撃に対応されてしまっている。背後を取っても隙を突けない相手に、彼らは為す術もなかった。

オスグッドが参戦しても、状況は変わっていない。膠着状態だ。そして、これだけの体格差のある敵との〝膠着〟というのは、徐々に人間側の体力が消耗していくことを意味する。

つまり、不利。

俺と同じように、膨大な魔力量を持つはずのヒルダも、魔力切れを起こしつつあるのがわかった。ジルも、少しずつ体力を奪われ、盾で受けても脚の踏ん張りが利かなくなってきている。彼が吹き飛ばされるたびに、俺は駆け寄って回復魔法を行使した。

「あいつの体力、どうなってやがる。まったく消耗してる様子がねぇ」

ジルは俺に回復されながら下唇を噛んだ。

視線の先ではエリオットとオスグッドが連携してエレクトザウルスの意識の攪乱を行っているが……やはり、二人の行動〝それぞれ〟を四つの目の視界に捉えられ、すべての攻撃を避けられている。

まずい。このまま戦い続ければ、本当に、負ける。

しかし……俺は知っている。勇者パーティーへの依頼は、〝絶対〟だ。彼らが依頼された魔物討伐を達成せずに帰ったことは今まで一度もない。他の冒険者では達成困難な依頼を受けることが、彼らの存在意義だ。

そして、俺たちも……ここで素材を採取できずに帰るわけにはいかない。四十八手すべてを半年以内に終えるには、その一つ一つに何日も何日も時間をかけてはいられないのだ。

かといって……〝あれ〟に、どう勝てばいいというのか。

ジルが駆けだす背中を、見ていることしかできない。やはり、俺は無力だ。こんな時に、一緒になって戦うこともできず、ただただ、仲間が傷つくのを待っている。

「ねえ……アベル」

スズカが、俺の袖を引いた。

「なんだ」

「……逃げよう、あたしたちだけでも」

俺は耳を疑った。

スズカの方に勢いよく振り向くが……彼女は真剣な表情で俺を見つめている。

「何言ってるんだよ。あいつらだけ残して行けるかよ」

俺が言うのに、スズカは首を何度も横に振る。

「あたしたち、死ねないんだよ。四十八手を、なんとしても完遂しないといけない。何も、エレクトザウルスはあの個体だけじゃないんでしょ？　少し時間をかけて、捜索範囲を広げたら……もうちょっとマシな個体を見つけられるかもしれないじゃない。逃げるのだって……冷静な選択肢だと思う」

「それは……でも……だったら、あいつらも一緒に逃げるべきだ」

「彼らが残ってくれなきゃ、私たちは逃げられない」

何を言っているのか、本当にわからなかった。いや、言っていることはわかる。わかるのだが……彼女がなぜ、そんなことを言うのか、理解ができない。

自分たちのために、勇者パーティーを残して、逃げる？　ひとに殿を押しつけて、自分たちだけ逃げるというのか。

「アベル……気持ちはわかるけど」

「無理だ。それはできない」

「世界のためなのよ、アベル！」

「スズカ、聞け」

「あんたこそ聞いてよ」

「聞けッ!!!」

俺はスズカの両肩を力強く摑んだ。彼女の喉がヒュッと鳴る。

「世界のため。そうだろうな、俺だってそのつもりでここに来たよ。わかってる、四十八手は成し遂げなきゃいけない。わかってるよ！　でも……」

　言葉が次々と溢れてくる。

「今、あいつらに全部押しつけて逃げるようなヤツが、世界を救えるのか？　俺にはそうは思えない」

「……！　そういう判断が必要な時だって、あるってこと――」

「じゃあ！　今後またこういう状況に直面したら、また逃げるのか!?」

　俺が語気を強めるのに、スズカは息を呑んだ。

「〝世界のため〟って言って、懸命に戦ってるやつらを何度も何度も見捨ててるっていうのか!?」

「それは……」

「〝世界〟の中には、あいつらがいるだろ!!」

　世界を救いたい。確かに、そう思う。

　でも……大切な仲間も守れずに、より大きな〝世界〟だけ救って、それが何になるというのだろう。そうして救った世界に、一体、俺にとっての何が残っているというのか。

「あいつらがいるから……世界を守りたいって、思うんだ」

　そう言って、俺は立ち上がる。

「切り抜けるんだ。全員で！　そのために、やれることを探す。俺は……誰のことも見捨てたくない」

俺がそう言うのに、スズカは、逡巡するように視線を地面の上でうろつかせた後、頷いた。

「……わかった。あんたの言葉に従う」

「……悪いな。お前なりに、真剣に言ってるのはわかってる」

「ええ。あんたが本気なのもわかった。それに……あたしだって、誰かに犠牲になってほしいわけじゃないから」

「ああ、それじゃあ……」

会話の途中で、俺はゾクリと寒気を感じた。そして、それと同時にエリオットが叫ぶ。

「アベルッ!!」

慌てて前方を向くと、エレクトザウルスが……俺たちめがけて跳躍していた。

距離が離れていたから。エリオットたちが気を引いてくれているから。そんな理由で、油断していた。わかっていたことだ……ヤツは、視界が広いのだ。エリオットたちと戦闘しながら、〝俺とスズカ〟のことも、視界に捉えていた。そして……俺たちが言い合っている隙を、ヤツは見逃さなかった。

「ひっ……！」

スズカは咄嗟にあとずさりし……そして、地面に露出していた木の根に足をとられた。

「きゃっ！」

スズカはバランスを崩し、思い切り尻もちをつく。

エレクトザウルスの目がぎょろりとスズカを捉えたのがわかった。

まずい！

咄嗟に、スズカの前に躍(おど)り出る。ジルがこちらに向かって駆けてきているのが見えた。けれど……どう考えても、間に合わない。

エレクトザウルスが身体を回転させ、俺とスズカを力任せに薙(な)ぎ払わんとするように……巨大な尻尾(しっぽ)を、遠心力をつけて振る。

あれを食らえば、確実に死ぬ。はっきりと、それがわかった。

ああ……大層なことをスズカに言い放ったくせに。結局、俺は誰のことも守れずにここで死ぬのか。

ちかちかと、視界が明滅する。

世界のすべてが、低速になったような感覚があった。エレクトザウルスの尻尾が、ゆっくりと、俺の左方向から迫っている。

『良いのか？　それで』

と、あなたが言った。

勇者になって、世界を守りたかった。

誰からも尊敬され、好かれる存在になりたかった。

その目標は、すなわち、父の背中を見ていて生まれたものだった。

偉大な勇者であった父は、世界を守り、誰からも尊敬され、好かれていたから。

俺には父のような力はないと知るのに、時間はかからなかった。

魔力量しか取り柄がなく、魔力量が多すぎるために性欲過多になり、女性との関わり方に悩み、俺の人生は思ったようにはならなかった。

父が死に、母も死に、母の後輩であったリュージュ姉さんに育てられた。

「あなたは世界を救う冒険者になります、絶対に」

リュージュ姉さんはよく、そう言ってくれた。でも、そんなのは嘘だとわかっていた。優しさからくる、慰めの言葉。

魔力量を活かせる聖魔術師になり、仲間を癒やすための魔法を習得した。他には何もできなくても、それだけは鍛え上げると決めた。

そして……幼なじみのエリオットが次期勇者となり、俺はそのパーティーに聖魔術師として配属されることになった。

勇者になれないのはわかっていたことだった。いいじゃないか、エリオットを支えることができれば。俺の力が役に立つのなら、なんだってやるに決まっているじゃないか。

でも……やっぱり、俺は、自分の力不足を嘆いてばかりだった。

回復ができることの、何が役に立つというのだろう。

防御魔法も使えない俺は、仲間が傷つくところを見ていることしかできなかった。本当は、傷つく前に、助けてやりたいのに。

勇者パーティーのメンバーは運よく今まで誰も欠けることはなかった。けれど、合同で編成を組んだパーティーのメンバーが死んだこともあった。一撃死した人間を、回復魔法で助けることはできない。

人を癒やせば、感謝される。俺だって、その瞬間は、安心する。ああ、また癒やすことができた。友を救うことができた。

けれど……本当は……本当は、ずっと。


『泣いておるのか？』

白い空間の中で、あなたは言った。姿は見えないけれど、優しく微笑んでいるのがわかる。

優しく微笑まれると、胸が痛くなる。自分の矮小さを、思い知って。

『鍵を開けてやったろう？』

あなたが言うのを聞いて、俺は、そうか、そうだった、と思った。

『そなたがそれを望むなら、中身を取り出してみるとよい』

「俺にそんな権利があるのでしょうか」

『だって、愛してくれたろう？』
「愛しています」
『余に会いに来てくれるのじゃろう？』
「会いに行きます」
『では……ゆるさぬ理由はあるまい』
あなたはそう言って、優しく、優しく……微笑んだ。
『護ることを、ゆるす』
涙が出た。
そうだ。
俺は……ただ、ただ。
誰かを、護りたかっただけだ。

世界が等速に戻って、俺は、自分が何を考えていたのか、何を見ていたのかも忘れた。
けれど、やるべきことだけは、はっきりとわかっていた。
口が、喉が、勝手に開く。

腕を突き出し、手を開き、俺は叫んだ。

「唇盾(しんじゅん)アエギスッ!!!」

俺が叫んだ瞬間、目の前に、伸ばした手を中心として巨大な魔法陣が出現し……その真ん中で、ぐぱぁと何かが口を開いた。

迫りくるエレクトザウルスの尻尾を、魔法陣の中心に召喚(しょうかん)された〝唇〟が受け止める。びりびりと空気が振動しているような気がした。空気中の微量な魔力が、震えている。

俺の目の前に出現した〝唇〟は、エレクトザウルスの尻尾を完全に咥(くわ)えこんでいた。じゅる、じゅるると音を立てながら、尻尾がどんどん飲み込まれていく。

エレクトザウルスははじめて、この状況に混乱したようにじたばたと暴れた。

俺は必死だったが……皆、その場に立ち尽くしていた。そして、俺の前にある〝唇〟をぼんやりと眺(なが)めている。まるで魅入(みい)られているようだった。この、おぞましく、神秘的で、得体(えたい)の知れない何かから、皆、目を離すことができない。

「なにあれ……なんか、こわい……なんか……」

トゥルカが、震えながら、そして、内腿(うちもも)をこすりながら、言った。

「………卑猥(ひわい)すぎるよ」

本来ならば、エレクトザウルスの動きが止まっているうちに、すぐにでも動き出して、攻撃をするべきなのだ。しかし、皆、それができない。その理由を、俺は知っていると思った。

じゅぽじゅぽと音を立てる巨大で神秘的な〝唇〟が、その場の全員の心のコントロールを奪っていた。

オスグッドが、放心したように、言った。

「フェラだ……」

この世には愛があり、愛があるから生命があり、愛と生命があるから、自明のように生存競争が生まれ、その流れの中に俺たちは立っている。これはその一部だ、と、思った。どうして今そんなことを考えているのか、俺にはわからない。

しかし……次にやるべきことだけは、はっきりとわかっている。

俺は今、〝神秘〟と繋がっている。あなたから借りたものを、借りたものだと理解しながら、使っている。あなたからの借り物だと知っているから、その〝神性〟に呑まれたりは、しない。

俺は吼えた。

「嚙み砕けッ!!」

その瞬間！　バツン！　と音がして、根本まで〝唇〟に咥えこまれていたエレクトザウルスの尻尾が千切れた。

ギャアア！　とエレクトザウルスが悲鳴を上げる。

そして、飲み込んだ尻尾ごと、〝唇〟は魔法陣の中に消えていった。

好機だ。これを逃せば、次はない。

「態勢を整えろ!!」

俺が叫ぶと、今まで動けずにいたエリオットはハッと息を呑み、正気を取り戻したように皆に指示を出し始める。

厄介だったのは、巨大な尻尾だ。それが切れただけで、冒険者たちの動ける範囲が大きく広がる。俺たちは勢いを取り戻しつつある。

「アベル……い、今のって……」

スズカが目を丸くしながら俺を見ていた。俺はスズカの腕を掴み、立ち上がらせた。

「悪かった。俺の不注意でお前を転ばせて、危ない目に遭わせた。……絶対に護る。だから、俺の後ろにいろ」

「え、う、うん……ごめん……」

俺がまくし立てるのに、スズカは気圧されたように何度も頷いた。

死ぬわけにはいかない。そして、誰も死なせたくない。常にスズカの気配を背後に感じ取るのを忘れないようにしながら、改めて戦闘を始めたエリオットたちに視線を向ける。

尻尾が切断され、失血を続けているエレクトザウルス。あきらかに動きが鈍っているが……それでも、興奮状態にあるせいか、攻撃の挙動が荒々しくなっている。

尻尾がなくなっても、鋭い牙と爪はまだ残っているし、体当たりされるだけでも、人間にとってはひとたまりもない威力だ。あの暴れようでは、〝失血死するまで〟待つという気長な戦法をとったとしても、先に倒れるのは俺たちになるだろう。それに、失血で死なれては、俺の目的が達成できない。生きているうちに陰茎を切り取らなければならないのだ。

つまり……俺たち三人の目的と、勇者パーティーの目的の両方を達成するチャンスは、おそらく一度きりだ。

大きな隙を作らせ、オスグッドに陰茎を切り取ってもらい、その直後に、エリオットの必殺剣でトドメを刺してもらう。それ以外に方法はないように思えた。

どうする……どうする。

俺は必死で思考を巡らせる。

〝偽物〟の〝借り物〟を使って、それで、終わりか？　自分でできることは、何もないのか？

そう思いながら、悔しくて拳をぎゅっと握りしめた瞬間。

こつん、と、拳に何かが当たる感覚があった。

腰のベルトに取り付けた、アイテムポーチだ。回復薬や地図などを入れておくための、小さなポーチ。入っているものなどたかが知れているというのに……俺はなぜか、それを無視できなかった。

慌てて中を漁り……それを、見つける。

『これね、す、すごくてね、射精の勢いがすごくなりすぎて、しゃ、射精した瞬間に男の子も女の子も、互いに反対側の壁に激突するんだって』

それは、エーリカから渡された、度(ど)の外(はず)れた精力増強剤の入った小瓶(こびん)だった。

精液は目にかかると、そう簡単には洗い流せない。エーリカから、そう聞いた。

俺は咄嗟に、スズカの方へ振り返った。

そして、言う。

射精させてくれ

「あんたいつもいつも、なんで切羽詰まると射精したがるわけ!? 今回はナマコの時みたいにフェロモンが通じる相手でも――」

「スズカ! 俺は真剣だ。とにかく射精しないといけないんだ。射精する以外に俺にできることはないんだ!!」

「そんなことないと思うけど!?」

「頼む、急いでくれ」

俺が真剣な表情で急かすので、スズカは戸惑ったように俺とエレクトザウルスの間で視線を行ったり来たりさせた。が……すぐに、大きくため息をつく。

「ああ、もう……! わかったわよ! どうすればいい?」

「一瞬で射精しないといけない」

「そんなことできんの?」

「サキュバスになってくれ」

俺が言うと、スズカはハッと息を呑む。しかし、すぐに表情を曇らせる。

「なって、って言われても……こんな状況で、急には……」

「わかった、ちょっと耳貸せ」

「えっ……わっ!?」

俺は彼女の身体をぐい、と引き寄せ、耳元に口を寄せる。そして、囁いた。

「この任務が終わったら……死ぬほどお前に射精してやる」

スズカの身体がびくりと跳ねる。

「子宮の中たぷたぷになるまで、お前の大好きな精子を出してやる」

彼女の息が荒くなっているのがわかる。

「俺の中の魔力全部なくなるまで、お前にやる。全部自分勝手にしゃぶりつくして、お腹いっぱいにしていいんだ」

「ほんと……?」

「ああ。お前が満足するまで、絶対やめない」

「絶対だよ?」

「ああ」

耳元から離れ、彼女の顔を見ると……俺はすぐにわかった。

スズカのまとう雰囲気が変わっている。

それを見て、俺は意を決し、小瓶の蓋を開けて、その中身を飲み干す。どくん、と身体の奥底に、異常なまでの熱さを感じた。そのすべてが、股間に集中していくのがわかる。

「スズカ、一回しか言わない。しかも、多分難しいことを言う。でも……なんとか、その通りにしてくれ」

「わかった」

「俺は、〝今の〟スズカに本気でエロいことを願われたら、逆らえない。それを利用する」

「あんたを魅了すればいいのね」

「そうだ。俺は今どうしても射精しなきゃならない。だからお前が俺を射精させるんだ」

「どうしてほしい？」

「耳元で囁くだけでいい。俺に、出してと言うだけでいい」

「わ、わかった。やってみる」

「そして、俺はこのままじゃ射精ができない。けれど、この戦闘状況で服を脱ぎ去るわけにもいかない」

「……！」

俺の言葉に、スズカはハッと息を吸いこみ、俺の意図を察したように頷(うなず)いた。

「いいか、一発勝負だ」

「わかってる」

下半身の奥がグツグツと煮えたぎるようだった。爆発寸前だ。

「いくぞ……3……2……1……」

カウントをしている間も、俺は限界を迎えそうなのをこらえていた。下半身の熱が、暴れ出している。コッドピースの内側にごりごりと陰茎が当たって、激痛が走っていた。

スズカが、パチン、と指を鳴らした。全身の肌に外気を感じた。

刺激は必要ない。俺はスズカの声に従えば、射精することができる。陰茎の根元を押さえ、
エレクトザウルスの〝目〟に狙いをつける。

耳元で、スズカの体温を感じた。スズカの、甘い匂いがする。

ああ、これはダメだ。そう思った。

しかし、これで終わってもいい。誰かを護れるのであれば。


「射精して……♡」

チ●ポが爆発するような感覚があった。いや、実際に爆発していた。バチン！　という音が
股間で鳴った。
「ひっ！」
スズカは一瞬たじろいだが、すぐにもう一度パチンと指を鳴らした。身体にぴたりと衣服が
密着するのがわかる。
「ギャアアアアアア!!!」
エレクトザウルスが悲鳴を上げた。目に、大量の精液がかかっている。それどころか、俺が
〝撃ち込んだ〟精液を正面から食らった目玉は軽く抉れていた。

「オスグッドッ!!!　エリオットッ!!!」

俺は最後の力を振り絞り、全力で叫んだ。それと同時か……もしくは、それよりも早く。二人は駆けだしていた。

「うおおおおおッ！」

オスグッドは短剣を手に、エレクトザウルスの大股の間に滑り込む。

「せいやァァァァァッ！」

エリオットは、金色に輝く、魔力の籠もった刀身を、エレクトザウルスの頭に振り下ろす。

オスグッドがエレクトザウルスの陰茎を切り取ったほんの零点何秒後かに、エレクトザウルスの頭が叩き切られた。

「受け取れッ！」

オスグッドがエレクトザウルスの陰茎をこちらに投げる。

俺は息も絶え絶えになりながら、エーリカの特性容器の蓋を開け、エレクトザウルスの陰茎がどぷんとその中に入るのを見届けて、蓋を乱暴に閉めた。

静寂。

エレクトザウルスがどすん、と重い音を立てて倒れるのを見届けて、皆はようやく勝利を確信したのだった。

「ああ……良かった………みんな………無事だぁ……」

俺は嬉しくて、笑う。けれど、身体に力が入らない。股間が、燃えるように熱かった。

「ちょっと……アベル！　アベル!?　起きて、ねえ……ッ！」

スズカが叫んでいる声が、遠くから聞こえていた。

……ようやく、誰かを護れた。傷を癒やすだけじゃなく、仲間のために、戦えた。

でも、そうか……。

回復役の俺が倒れたってことは……俺を回復する人は、もういないのかぁ。

そんなことを考えながら、それでも、なんだかとても幸せな気持ちで、俺は目を閉じた。

11章 ❖ 治療と出威流怒と連続膣内射精

Succubus 48 technique

「優秀な聖魔術師があなただけだと思わないことです」

目が覚めると……ベッドの横にリュージュが座っていた。相変わらず感情のわかりにくい顔で、俺を見ている。

「俺……どうなって……」

生きているのか？　もしかしたらこれは夢なのでは？

俺が薄目を開けながら訊くのに、リュージュはため息をついて答える。

「あなたは成し遂げました。エレクトザウルスの陰茎は無事に持ち帰られましたが……代わりにあなたのチ●ポが無惨なことに」

「どうなってました……？」

「綺麗に四つに裂けてましたよ。バナァヌの皮みたいでした」

「なるほどなぁ……えっと……治ってますよね？」

「ええ。なんとか。王宮中の聖魔術師を集めました。あなたのチ●ポの安否は国益に関わりますから」

「はは……今聞くと笑えないっすね、それ」

俺が失笑するのを見て、リュージュの表情が崩れた。

じわ、とその目尻に涙が浮かぶのを見て、俺は慌てた。

「いいですか……こんな無茶は、二度としないでください」

「いやぁ……まあ生きてましたし、おかげさまで……泣くことないじゃないですか」

「あなたが死んだら、すべておしまいなんですよ！」

リュージュが大声を出すのに、俺は息を呑む。

そうだった、俺は、この重大な任務の要なのだ。俺が死んでしまえば、スズカも死ぬことになるし、世界も救えない。自分の命にも、知らないうちに重みが出てきたのだなぁと思った。

「そういうことではありません」

リュージュが言った。心を読まれているようだった。

「……すくすくと育つあなたを、ずっと見てきました」

リュージュは一筋の涙を流しながら言った。

「勇者になりたいことも、知っていました。けれど、あなたはそうはなれなかった」

「……ええ、そうですね」

「だからあなたは、仲間を立てることばかり考えて、自分が傷つくことを厭わない。私は知っています、回復できるから、と、仲間をかばい、傷だらけになっていたことを。それでも仲間の傷を先に癒やし、自分の怪我は後回しにしていたことを」

「そんなこともあったかもしれませんね」

「アベル!!」

リュージュが叫んだ。その姿は、あの頃、一緒に暮らしていた時の彼女と重なる。

「あなたは、自分がどれだけ多くの人を救ってきたか、わかってない!! なぜ他人のことは救うのに、自分のことは救わないの!?」

すっかり、形式ばった敬語もなくなってしまっている。

「聖魔術師は、仲間を癒やすのが仕事ですから」

「そういうことじゃなくて……ッ」

リュージュはそこまで言って、言葉を呑み込んだ。そして、ハンカチで涙を拭(ふ)く。

「……とにかく、今後、自分を粗末(そまつ)にすることは許しません」

「善処します」

「約束しなさいッ!」

再び怒鳴られる。あまりに鬼気(きき)迫る様子に、俺はびくりと身体(からだ)を震わせた。

「あなたを育てたのは私ですよ!」

そう言われると弱い。

「……約束します」

「………よろしい」

リュージュはスンと洟(はな)をすすり、俺を横目に見た。

「……あなたは、やはり、勇者パーティーに必要な存在でした。誰もが、そう思っています」

「そうなんですかねぇ」

「しかし……あなたにしかできないことができてしまった」

「未だに夢でも見てるみたいですよ。サキュバス四十八手、はは」

俺が可笑しそうに笑うと、リュージュは唇を噛み、得もいわれぬ不思議な顔をした。めちゃくちゃ怒っていることだけはわかる。

「ふんッ！」

「ウッ!?」

俺の腕に、リュージュが突然ドスッ！　と注射器を突き刺した。

ぢゅう、と中の薬液が注入される。

「いきなり何ですか!?」

「魔力増強剤を注入しました。チ●ポが爆発して、出血多量によりあなたは死にかけましたが……逆に、それ以外になんの損傷もなかったわけですから、問題なく動けるはずです」

「は、はあ……」

「はあ、ではありません。やるべきことをやりなさい」

リュージュにそう言われて、俺はハッとする。

そうだ……俺は、第三手のために、冒険に出たのだった。

ガバッと身体を起こす。確かに、問題なく身体は動く。

リュージュはスンと鼻を鳴らして、医務室の扉を顎で指した。

「さっさと行きなさい」

「はい……頑張ってきます」

俺はいそいそとベッドを出て、扉へ向かう。しかしその途中で、リュージュの方を振り返った。

「リュージュ姉さん」

「……なんですか」

「……見守ってくれてありがとう。俺……絶対にやり遂げる」

リュージュは一瞬、眉を寄せたが、すぐにいつもの能面フェイスを作って、眼鏡をカチャリとずり上げる。

「当然です」

＊　＊　＊　＊

客室の扉を開けると、そこにはスズカがいた。

扉が開くのに気づいて、スズカはパッと顔を上げ、それから気まずそうに顔を伏せる。なんだか、様子が変だ。

「な、なんだよ……」

俺は困惑しながらスズカに歩み寄った。

「もう、大丈夫なの？」

おずおずとスズカが訊いてくる。

「おう、ピンピンしてるよ」

「本当に？」

「本当に！」

スズカはジワリと目に涙を溜めて、それをすぐに拭った。

「……ごめんなさい」

「なんで謝るんだよ」

「だって……死んじゃうかと思った。あたしが余計なこと言って、怒らせて、しかも転んで
……」

「それは関係ない。結局俺は自分の行動で死にかけた」

「でも、それだって！　あたしが手伝ったから……！」

「俺が手伝えって言ったんでしょうが！」

俺はピン！　とスズカのでこを指ではたいた。

「いたっ」

「しおらしいと困っちまうよ。しょっぱな殴られるくらいは想像してたんだけどな」

「……あたしのことなんだと思ってる？」

「暴力サキュバス女……ぐえっ」

ぼす、とスズカが俺の腹を殴ったが、いつもより、ずっと力は弱かった。

目を伏せたまま、スズカはぽつりと言った。

「もう一つ、ごめんなさい」

「なにが？」

「逃げようって、言ったこと」

「あー……そうだな、うん」

俺は頷(うなず)いて、スズカの前にしゃがみ込む。

「でも、あれはお前だって必死で考えた上で言ったことなんだろ？」

「そう、だけど……」

「じゃあ、別にいいだろ。でも……いい機会だし、はっきり言っとく」

スズカの目を見つめて、はっきり言う。

「俺は、なんにも諦(あきら)める気はない。スズカも守る。仲間も守る。そして……世界も守る」

俺の言葉に、スズカはくすりと笑った。

「……欲張り」

「あはは、そうなんだよな。なんか……欲張りになっちゃったな」

俺も笑い返して……改めて、言う。

「だから……もう、俺に誰かを見捨てろとは、言わないでほしい」

俺が言うのに、スズカはゆっくりと、頷いた。

「……わかった」

スズカは少しの間気まずそうに黙り込み、うろうろと視線を動かした。

そして、おもむろに立ち上がり、ベッドから離れた場所にあるテーブルに歩み寄る。その上には、四角い木製の箱が置いてあった。それを手に取り、彼女はまたおずおずとベッドに戻ってくる。

「はい」

「ん……？」

箱を手渡されて、俺がそれを開けると……。

「ワァオ……」

そこには、黒々としたエレクトザウルスのチ●ポ、もとい『出威流怒（でぃるど）』が入っていた。

「太いし、なげぇな……」

その存在感に圧倒されながら俺がしみじみ言うと、スズカは顔を真っ赤にしてうつむいた。

そして、しおらしい声で、言う。

「……する？」

俺は、なんだかいつもと様子が違うスズカを見て一瞬でチ●ポが張り切りだすのを感じた。

すっかり、治っているようだ。

「する」

俺が答えると、スズカはこくりと頷いて、ベッドの上で衣服を脱ぎ始めた。

俺も、いそいそと服を脱ぐ。なんだか、互いに服を脱いでいる時間もドキドキしてしまう。興奮が徐々に高まっていくような感じ。

スズカが服を脱ぎ終え、ベッドに横たわるのを見て、俺は息を呑んだ。

やはり……何回見ても、彼女の身体は美しい。美しい上に、エロすぎる。

黒々とした出威流怒を握り、スズカに近寄る。彼女は出威流怒を緊張の面持ちで見つめていた。チ●ポのデカさにはそれなりに自信があったのに、さすがにこいつには勝てねぇと思った。というか……こんなにぶっといの、果たして挿入できるのだろうか。

何はともあれ、まずはスズカの秘部を濡らさねばなるまい。

まじまじと眺めていると、出威流怒の根元のあたりに、赤色で塗られた突起があるのがわかった。特に深く考えずにそれを押してみると。

「うわっ！」

出威流怒が小刻みに震えだす。かなり小さな振動が連続していた。

なるほど、仕組みはわからんが……とにかくこれはエロいぞ、と思った。

俺はおっかなびっくりで、小刻みに震えるディルドを、スズカの秘部に押し当てた。

「……ッ」

スズカの身体がぴくりと跳ねた。

力加減がよくわからないので、触れるか触れないかくらいで、そっと彼女に出威流怒を当ててみる。

「これ……なんか……ッ」

「気持ちいいか？」

「く、くすぐったい」

「そ、そうか……」

互いに探り探りだ。スズカの秘裂をなぞるように震える出威流怒を押し当て……そして、少しずつ位置を上へと上げていく。それから……ぷくりと膨らんだ部分へ当てる。

「あッ……！」

スズカが甘い声を上げた。薄い皮に包まれたままのそこに、継続的に出威流怒を押し当て続けると、彼女はびくびくと下半身を震えさせる。

「それ……ダメ……ッ」

「ダメ？　何がダメ？」

「振動が……あっ……やッ……」

少し、強めに押し当てると、スズカは首を反らした。彼女の秘部が濡れているのが、出威流怒の振動音に水音が混ざり始めたことで、わかる。

俺は右手で出威流怒を握ったまま、左手の指で、スズカのクリトリスの皮を丁寧に捲る。

「あっ……やだ……やだ……ッ」

　俺がしようとしていることを察して、スズカはイヤイヤと首を振る。その様子を見て、なんだか俺は心の中に良くない感情が湧き上がるのがわかった。

　かりかりと指で皮を押し上げていくと、彼女の可愛らしい突起が露出する。左手の指でそれを優しく触ると、スズカはまた下半身を跳ねさせる。

　スズカが顔を上げ、自分の股を見た。そして、その視線が出威流怒に移動するのがわかる。俺がグッと出威流怒を握りしめるのを見て、彼女は再びイヤイヤと首を横に振る。しかし……そのまなざしには、たっぷりと期待の色が含まれているのが、俺にはわかった。

「あッ!!」

　ぐい、と出威流怒を、裸のクリトリスに押し当てると、スズカはひときわ大きい声を上げて背中を反らせた。すでに彼女の秘部はびちゃびちゃになっている。

「あっ……ああっ……や……つよ、いぃ……」

　継続的にクリトリスに刺激を与えられて、スズカは全身に力が入りっぱなしになっている。スズカが全身で〝感じている〟のがわかって、俺はどんどんと暴力的な気持ちになった。快感で、目の前の少女を支配している。それはとても心地の良い感覚だった。

　俺はすでに洪水のように濡れているスズカの入り口に、ずぶ、と出威流怒を挿入してゆく。彼女の秘部は、俺が思う以上にその口を開いて、みちみちと出威流怒を飲み込んでいく。

「あッ……はッ、はッ……ぅぅぅ……！」

呻(うめ)きながら、スズカは出威流怒を受け入れてゆき……俺が彼女の最奥にゴリッ、と出威流怒を押し当てた瞬間、スズカは下半身を思い切り跳ね上げた。

「イッ……」

く、という発音もできずに、スズカはびくびくと身体を震わせ、秘部からぴゅっ、ぴゅっ、と透明な液体を噴射した。

「スズカ、イッたか？」

「イッ……た……イッてる……か……らッ！」

またも奥にグリ、と出威流怒を押し込む。スズカは音が聞こえるほどに息を吸いこんで、俺の方を見た。

「いっ、てる、からぁ……あッ……やだッ……うっ……あぐっ……」

ごり、ごり、と何度も彼女の奥に出威流怒を押し込む。快感でめちゃくちゃになっているスズカを見ていると、どうしても乱暴にしたくなる欲求を抑えられなかった。

スズカのことを愛(いと)おしいと思っているはずなのに、こうして乱暴にしたくなってしまうのはどうしてなのだろうか。もっと苦しそうに喘(あえ)ぐところが見たいと思ってしまう。

「あッ……ぐっ……イッ……！」

ぷしゃ、とスズカが潮(しお)を噴(ふ)く。それでも、止(や)めない。

「やッ……やだッ……もっ……ううっ……！」

彼女の秘部ではぐちゅぐちゅ、びちゃびちゃと音が鳴り続けている。出威流怒が振動し続けているからか、いつもよりも水音が派手に鳴っている。スズカの喘ぎ声と淫らな水音が聞こえ続けて、頭が変になりそうだ。

俺はスズカが何度も何度も身体を跳ねさせ、絶頂するところを恍惚の表情で見ていた。

けれど、突然スズカが必死に身体を起こし、俺が出威流怒を握る手を、ぐいと押し止めた。

「ぬ、抜いて……ッ」

「え……？」

「抜いてってば……！」

スズカが涙を流しながらそう言うので、俺は我に返る。ゆっくりと、スズカから出威流怒を引き抜いた。

なんとなく、彼女は嫌だ嫌だと言いながらも気持ちよさそうにしているように俺には見えていたので……もしかして、嫌だったのだろうかと焦る。いや……そういう儀式なので、嫌がられたとしてもやるしかないのだが。

スズカは荒い息を整えながら、しばらく、俺の手元で震え続けている出威流怒を見つめていたが……その視線が、ふいに上がる。

そして、俺を見た。

「もう、十分でしょ……？」

「じゅ、十分？」

「だから……もう……いっぱい、イッたから……」

スズカはそう言って、上目遣いで俺を見つめた。その瞳に、俺は吸いこまれそうになる。

「アベルの……早く入れてよ……」

スズカがそう言った瞬間、俺はまるでそう言われることを事前にわかっていたように、出威流怒をそのへんに放り捨て、彼女を押し倒した。

「あっ……♡」

俺の体重がかかっただけで、スズカが甘い声を上げる。

「出してくれるんでしょ……？」

「ああ、出す。全部」

「早く……きて、準備万端なあたしの中、きて」

「ああ、入れる」

「あッ……！」

パンパンに膨れ上がった陰茎を、スズカに容赦なく挿入する。彼女の中は出威流怒にいじめぬかれて、いつものような狭さを感じなかった。熱く、柔らかく、俺を包み込んでくる。

「はっ、はっ……！」

スズカの息遣いが聞こえる。その中に、さっきまでよりも明らかに淫らな〝喜び〟の色が混じっているのが、伝わってきた。

「これ、好き……好き……」

スズカは自分で腰をぐりぐりと動かして、俺のチ●ポを彼女の奥に押しつけている。

それを見て、俺の理性は完全に吹き飛んだ。そんなに欲しいなら、くれてやるほかない。

ぬろりと竿をスズカから抜いていく。スズカは欲しがるような目を俺に向けた。抜けてしまうギリギリまで引いてから、俺は一気に、スズカの奥までチ●ポをぶちこむ。股同士がぶつかってバチン！　と音がした。

「あぁッ!!」

スズカは悲鳴のような声を上げて、よがる。

そこからは止まらなかった。とにかくバチバチと腰をぶつけ合わせながら、キスをして、乱暴に胸を揉み、乳首をしゃぶり、彼女の全身を味わいつくすようにする。

最初はいつもよりも緩く感じたスズカの膣内が、すっかり俺のものを吸い上げるかのごとく、ぎゅうぎゅうと締め上げてきている。それ自体が生き物のようだった。

「あっ……やばい……スズカ……ッ」

坂を駆け上る、というよりは、いつの間にか頂上にいた、という感覚だった。ぐわ、と射精感が高まって、こらえられない。

「出る……ッ」

「いいよ、きて、きて、きて……ッ！」

スズカの脚が俺の腰に絡み、俺とスズカはまったく隙間がなくなる。

「くっ……!!」

スズカの一番奥、子宮の入り口に俺の先端がぴたりとハマるような感覚があった。実際にそうなっているのか見えはしないが、絶対に、そうなっている。

びゅくびゅくと、射精をした。チ●ポが脈打っている感覚が自分でもわかる。

「あっ♡　きっ……てる……うっ……！　あは、すごい……すごい……ッ」

スズカは上気しきった顔で、ぐりぐりと俺に腰を押しつけた。中もぎゅうぎゅうと俺の陰茎から精液を絞り上げている。

「うっ……ぐっ……ああッ」

俺は獣のように唸りながら、スズカの中に精液を吐き出した。

射精が落ち着くまで二人で見つめ合いながら、ただただ荒い息を吐いている。

ふと、視界の端に動く何かが見えて、そちらを見ると……スズカに黒くて淫らな尻尾が生えていた。

「へへ……生えちゃった」

スズカが、蠱惑的に微笑む。ああ……もうこいつはすっかり、サキュバスだ。

前のように我を失うこともなくなってきている。目の前の少女は、〝スズカ〟だし、〝サキュバス〟だった。

スズカの尻尾はぬらぬらと動いて、俺の乳首をツイ、と撫でた。なんだかくすぐったくて俺は身じろぎした。

「お、お前が動かしてんの……？」

俺が訊くと、スズカはふるふると首を横に振った。

「わかんない……勝手に動いてるって感じはしないのに、あたしが動かしてるわけでもないんだよね」

スズカが喋っている間も、尻尾は俺の乳首をくりくりといじっている。

「こ、これやめてくれないか？」

「え、やだぁ」

スズカはいたずらっぽく笑う。

「あたしが動かしてるわけじゃないしぃ」

尻尾が俺の乳首をさらに強く刺激する。

「それより……もっと、して……？」

スズカが誘うように言うと、俺が返事をするよりも先にチ●ポがぴくっ！　と動いた。

「……♡」

スズカが嬉しそうに笑うのに、俺はまた彼女の奥を自分の陰茎でぐい、と押した。

そこからはなんだかもうめちゃくちゃで、途中で何があったか、よく覚えていない。

とにかく俺とスズカはお互いの身体を求めることだけに集中していたし、部屋の中にはエロい音しか響いていなかった。

何回射精したかもわからなくなった頃、身体が「もう限界だよ！」というサインを出すのを感じた。動きすぎて肺が痛いし、腰もなめらかに動かせないし、何より、チ●ポが痛かった。

けれど、限界を訴えつつも、今身体の奥から上がってきている射精感だけは、絶対に処理しようとしている。身体が最後の射精を求めていた。

「スズカ……出す……出すぞ……」

激しく動く余裕はなく、挿入したまま深い部分をぐにぐにと押しつけ合うだけのようなセックスだった。けれど、これがなんだか一番気持ちいいような気もする。

「もう入んない……入んないよ……？」

力なくスズカが言う。けれど、その表情は「出して」と言っていた。

「出すぞ」

俺がもう一度言うと、スズカは何度も何度も頷いた。

「うん……来て……あたしの中、いっぱいにして……！」

どちらともなくキスをして、舌を絡め合い、俺は最後の力を振り絞ってスズカの最奥に陰茎を押し込んだ。そして、射精する。

「あっ……あっ……」

スズカはすっかりかすれた声で喘ぎながら、俺の射精を身体の一番奥で受け止める。

奥に注ぎ込みながら……それを感じ入るように受け入れているスズカを見ながら……俺は、彼女のことを、命を懸けて守らなければならないと思った。どうしてそう思ったのかは、自分でもわからなかった。

そして……何度目かもうわからない射精を終えて、ついにスズカの下腹部の淫紋が光った。紋様がじわじわと広がり、薄桃色に光り……。

『みっつめ』


どこかから、愛すべき声がした。そして、身体のどこかが、かちり、と開く。

そう、この少女を守り、儀式を続けていけば……きっと、あの人に会うことができる。

そう思った。

それから、すぐ、不思議に思う。

あの人って……一体誰だろう。

「はぁ……はぁ……アベル……」

スズカが、俺の背中を腕で強く抱いた。甘えるように、何度も腕に力を込めてくるスズカが、なんだか可愛く思える。

「ねえ、アベル」

スズカが俺の耳元で、言った。

「あたしも……あんたで、良かった……」

「えっ!?」

突然の言葉に、俺は驚いてスズカを見る。

が……スズカは目を瞑り(つむ)、すうすうと寝息を立てている。

「……ね、寝てるぅ…………」

こんな一瞬で？

と思ったが……それくらい、俺たちは無茶苦茶なセックスをしていたような気もする。

「ちょっとやりすぎたか」

俺は笑いながら言って、スズカの頭を軽く撫でる。

……その途中で、俺の腕からすとん、と力が抜けた。

「あー……うん。やりすぎだ」

俺は力なく笑って、最後の力を振り絞ってスズカからチ●ポを引き抜き……それから、彼女を抱き寄せて、眠りに就いた。

＊　＊　＊　＊

「リュージュ秘書官殿！　伝令です！」

国王はすでに休んでいる時間だったため、秘書官室の扉がノックされた。

「少々お待ちください」

私は返事をして、監視スフィアのモニターを消し、びちゃびちゃになっていた股間を拭き、すさまじいスピードでショーツとボトムスを穿き、同じくびちゃびちゃになっている椅子や床を、わざと書類をぶちまけることで隠した。荒くなった息を整える。

　そして、普段なら「どうぞ」と言うところを、わざわざ扉まで出向き、自分でそれを開けた。

　ぎょっとした顔で伝令係が顔を上げる。

「ご命令いただければこちらでお開けしましたのに……」

「扉くらい自分で開けられます。それで」

「あ！　それが、北東戦線から連絡がありまして」

「北東戦線ですか。膠着状態だったはずですね」

「それが……戦線を押しとどめていた魔王軍砦が……突如崖崩れで倒壊しまして……」

「……なんですって？」

「これより北東戦線は、前線を押し上げる段階に突入します。よろしいですか」

　思わずため息が漏れる。感嘆の息、というやつだ。

　私はおもむろに頷く。

「……許可します。しかし無理な侵攻はしないように。砦の先がどのような状態になっているか、まだ把握できていません。情報収集を最優先にしてください」

「はっ！　伝えます。夜分遅くに失礼いたしました」

「何時でも報告しろと命じたのは私です。ご苦労様」

　ははぁ、と伝令係は頭を下げて、美しい姿勢で駆けていく。それを見送ってから、私は扉を閉めた。

「福音……」

眼鏡を押し上げ、カツカツと靴音を鳴らし歩く。

確実に、成果は出ている。もはや、疑う余地もなかった。

あの二人の行う儀式が、魔族との戦争において、人間側を後押し始めている。

国王の言うように、勇者パーティーによる〝現状維持〟を保ってきた数年間の成果を、二週間足らずで超えてしまっている。

これは、もはや国益どころではない。人類にとっての希望とも言えた。

わかっている。

頭ではわかっているのだ。この儀式が人間の世界を救うかもしれない。信じてもいいのかもしれない、と。

しかし。

私は眼鏡をはずし、丁寧に机の上に置いてから。

「あんのサキュバス女ァッ!!!」

大声で叫び、椅子を蹴飛ばした。

「ポッと出の分際で……ポッと出の分際で……ッ！　〝私の〟アベルにドバドバ中出しされやがってェッ！　気持ちよさそうにしやがって、クソ、クソ、クソ、クソァ！！！」

転がった椅子をガンガンと蹴りつけて。

「…………ふぅ」

深呼吸を、一つ。

「……では、仕事に戻りましょう」

自分に言うようにそう呟いて、私は〝いつもの私〟に戻る。

完璧な仕事をこなすためには、ストレスを溜めないことが肝要だ。

私情を捨て去るためには、それをどこかではっきりと言葉にすることも大切だ。

すべて、理性に基づいた行動。

私は怒りに身を任せて椅子を蹴り飛ばして罵詈雑言を吐き捨てるような女ではないのである。

絶対に。

エピローグ

「リュージュさんから、全部聞いた」

第三手を終えた翌日、俺はトゥルカに呼び出され、めちゃくちゃに詰められていた。

まあ……スズカと一緒にいるところを見られ、その上、〝エレクトザウルスの陰茎（いんけい）を持ち帰る〟などというわけのわからない任務をしていたのだ。勇者パーティーからリュージュに問い合わせが行くのも仕方のないことだと思う。それに、リュージュがトゥルカにこのことを話したのだとしたら、それはおそらく今後勇者パーティーの力がサキュバス四十八手に必要になるかもしれないという判断に基（もと）づいたものだろう。

知られてしまったのは、仕方がない。そして……その内容を責められるのも、仕方がない。

「勇者パーティー抜けたと思ったら、なに？　サキュバス四十八手って。馬鹿（ばか）にしてんの？」

トゥルカは怒りを隠しもしなかった。

「大真面目（まじめ）だ。成果も出てる」

「ふざけないでよ。セックスで世界救えるわけないじゃんッ!!」

ごもっとも。誰だって、そう言うだろうと思う。

……しかし、冗談めかしても俺がその言葉に同調することはできない。俺もスズカも、命を懸けてこれに取り組んでいる。

「ずっと、一緒にやってきたのに……！　アベルがいたから、みんなここまで頑張ってこられたのに！」

怒っていたかと思えば、今度は泣きそうになりながらトゥルカが言った。

「それは違う。あのパーティーをまとめてたのはエリオットだ。聖魔術師なんてポジションは、いくらでも代わりがいる。新しく入ったエリナだって、優秀な聖魔術師なんだろ？」

「そういうことじゃないッ！　アベルの代わりなんて、いないでしょ!?」

泣きながらそう訴えるトゥルカに、俺はどう言葉を返したらいいかわからなかった。

ただただ、謝ることしか、できない。

「……ごめんな。俺は、俺のやり方で……俺にしかできないことを、するつもりだ」

「なんで……なんでよ!!」

「ごめん」

これ以上は平行線だと思った。

彼女が納得するまで話してやりたいけれど、どちらにしろ理解されないとわかっている。で、あれば……中途半端に優しさを見せるべきではない。

俺は踵を返し、トゥルカのもとから歩き去る。

「戻って来てよぉ!!」

トゥルカが叫び、その場で声を上げて泣き始めるのが聞こえて、胸が痛んだ。

彼女も、大切な仲間だった。今も、そう思っている。

けれど……使命を帯びてしまったから。

もう、戻ることはできない。

二度と許されないとしても、四十八手を成し遂げるまでは……もう他の道は選ばない。

そう決めた。

＊　＊　＊　＊

「話は終わったの？」

王城に戻ると、部屋でスズカが待っていた。

「ああ」

「わかってもらえた？」

「無理だった」

「そう……。良かったの？」

「良いも悪いもないよ」

「…………そうね」

スズカはなんとも言えぬ表情で俯いた。

「そんな顔しないでくれ。スズカが俺の運命を切り開いてくれたんだ」

「えっ？」

俺はスズカの目の前まで行って、その手を摑んだ。

「ずっと……誰かを護りたかった。役に立ちたかったんだ。そう思いながら、自分の力のなさに、絶望してた。でも……」

スズカの手をぎゅ、と握り、俺は言う。

「ようやく、役に立てる」

スズカは俺の両の目を交互に見つめてから、目を伏せる。

そして、ゆっくりと息を吐いてから、言った。

「やり遂げなきゃね」

「……ああ、絶対に」

「感動的なムードの中すみませんが」

背後から突然声がして、慌てて振り向くと……部屋の扉が開いていた。

そこには無表情でリュージュが立っている。

俺とスズカは慌てて手を離す。

「チッ」

「チッ!?」

「舌打ちではありません。口を開こうとしたらそういう音が鳴ってしまいまして。それより、今よろしいですか」

リュージュは淡々と続けるが、絶対に舌打ちはしてた。

「エレクトザウルスとの戦闘で、アベルは命に関わるような深手を負いましたね。あの結果を受けて、オスグッド氏とも協議をした上で……」

眼鏡をくい、と押し上げて、リュージュが言った。

「アベルには、専属の護衛をつけることにいたしました」

「えっ!? そんな、急に」

「国王の承諾も得ています」

「ええ……」

突然の決定に、困惑を隠し得ない。いつも、重大なことは突然決まる。

「入りなさい」

リュージュが扉の外に声をかけると、コツ、コツ、と規則正しい足音が聞こえる。

そして、部屋の中に……黒い使用人服に身を包んだ、小柄な女性が現れた。

スカートの裾をつまみ、美しくお辞儀をする使用人服の女性。

「お初にお目にかかります。このたび、アベル様の護衛役を仰せつかりました。アンリと申します」

俺は、優雅にお辞儀をする彼女を見ながら、驚愕した。

護衛、というものだからてっきり屈強な男性冒険者か何かだと思っていたのだが……。

「俺の、護衛を……君が？」

俺が訊くと、アンリと名乗った女性はこくり、と頷いた。

「はい。〝あなたの〟アンリでございます。どうぞ、こき使ってくださいまし」

そう言って、美しい姿勢で改めて頭を下げるアンリ。

俺とスズカは、ただただ目を丸くして、それを見ていた。

彼女との出会いが、サキュバス四十八手にまた新たな展望と困難を呼ぶということを、知りもせず。

＊　＊　＊　＊

暗い城の中、玉座に座す女性の前に、全身黒肌の剣士が膝をついた。

「セツナ様……先日の〝天牙〟起動に続き……北東戦線の要であった我が軍の砦が地殻変動により陥落いたしました。これは……〝サキュバス四十八手〟が発動したとみて、間違いないかと」

セツナ、と呼ばれた女性は、目を伏せて、頷いた。

「そうか」

「いかがいたしましょう」

「言うまでもない……」

セツナ……もとい、〝魔王〟は玉座から立ち上がり、宣言した。

「なんとしてでも、阻止する」

黒肌の剣士は「はっ！」と頭を下げ、立ち上がった。

「……二度と、あの儀式を完遂させるわけにはいかない」

セツナは苦渋の滲む瞳で、遠くを見つめて言った。

「我が同胞の……いや…………世界のために」

「急ぎ、準備を進めます」

早足で王の間を出て行く剣士を見送って、魔王は小さな、小さな声で呟いた。

「……セックスなどで、世界を破壊させてなるものか」

あとがき

はじめまして。しめさばと申します。

細々とネットで物書きをしていたものです。ダッシュエックス文庫では三作目となりました。良いご縁をいただけてありがたいことだなぁと思っております。

ネットでのコミュニケーションに浸っていると、たびたび出てくる表現として、「変態」というものがあります。

この言葉は『元の姿から変わった状態』、つまり『異常な状態』のことを指す言葉ですが、昨今では『何かに対して異常なこだわりと見せる人』に使われがちなように思います。

あまり良い言葉ではないように思えるこれですが、まるで誉め言葉のように使われるのを見て、なんとも不思議な気持ちになるのです。

『異常』とは何か、翻って、『普通』とは何か。言葉で考えてもなかなか答えは出ませんが、答えが出ないからと言って無駄な考えとも思えません。案外、こういう答えの出ない問答の中に、可笑しみや楽しさがたくさん含まれているのかもしれません。

今回の作品にも、様々な『変態』が出てきます。私は、存外、彼らのことが好きです。

読者の皆さんも、誰か一人でも、好きになれる人物を見つけてくれたらとても嬉しいです。

さて、ここからは謝辞となります。

まず、私の与太話からこの企画を引き出してくださったうえ、形になるところまで付き合ってくださったK原編集、本当にありがとうございました。こんなにバカな小説を真面目に制作するという経験は、私の作家人生の中でもかなり鮮烈な経験となりました。

次に、可愛くもあり、美しくもあり、そしてとんでもなくエロいイラストを描いてくださったてつぶた先生、ありがとうございました。キャラクターデザインを上げてくださるたびに、「ああ、同じ方向を向いてくれている……！」という喜びがあり、勇気と元気をもらえました。これからも一緒に駆け抜けてゆきたいです。

そして、きっと私よりも真剣に本文を読んでくださったであろう校正さんと、その他この本の出版にかかわってくださったすべての方々に、心よりお礼を申し上げます。ありがとうございました。

最後に、この本を手に取ってくださった皆様、ありがとうございます。今までの私の書いてきた作品とは大きく方向性の異なるものになりましたが、楽しんでいただけたら幸いです。

また皆様と私の書いた物語が巡り合うことのできるようにと願いながら、あとがきを終わらせていただきます。

しめさば

ダッシュエックス文庫

サキュバス四十八手

しめさば

2023年10月30日　第1刷発行

★定価はカバーに表示してあります

発行者　瓶子吉久
発行所　株式会社　集英社
〒101−8050　東京都千代田区一ツ橋2−5−10
03(3230)6229(編集)
03(3230)6393(販売／書店専用) 03(3230)6080(読者係)
印刷所　TOPPAN株式会社
編集協力　梶原 亨

ISBN978-4-08-631524-1 C0193